「止めてくれてありがとう、新さん。あたしも我慢できなくなるところだったよ」
身体は伊織を求めている。伊織もまた新太郎を求めてくれていた。

この愛さえもあなたのために

Love with bother

高崎ともや

Illustration

夢花 李

リーフノベルズ

この物語はフィクションであり、実在の人物・団体・事件等とは、いっさい関係ありません。

この愛さえもあなたのために

第一章　この恋と

1

傾きかけた太陽が、一気に山の稜線の向こう側へと落ちていこうとしている。茜《あかね》色に染まった空の端も、すでに藍《あい》の色彩へと移る準備を整えていた。

街中の道端には、家路を急ぐ男性や遅い時刻の買い物客が途切れず行き交っている。そんな中を平塚新太郎《ひらつかしんたろう》は艶《つや》やかな黒髪を揺らしながら駆け抜けていった。

秋の日暮れが早いということは十分弁《わきま》えていたはずなのに、ついつい級友と話し込んでしまった自分の失態が呪《のろ》わしい。おそらく丘の上に建つ家へと帰り着く頃には、完全に陽が落ちているころだろう。

新太郎の中で渦巻くのは、短い舌打ちと後悔だけだ。

（これじゃ昨日までと同じじゃないか）

つい先日、新太郎は前の下宿先の老婦人が、手首を痛めて賄《まかな》いもままならないと人伝《ひとづて》で耳にした。何かと世話になった知人の不運を、心根の優しい彼が見過ごせるはずもない。新太郎は誰に言われるまでもなく、ここ数日の間、ずっと学校帰りに老夫婦の細々とした雑事を自ら進んで引き受けていたのである。当然、その分帰宅時間は毎晩夜が更《ふ》ける頃になり、現在の同居人とはまともに顔を合わせていない日々が続いていた。

しかし、それも婦人の怪我《けが》が癒《い》えた昨日までのことである。

(今日は暗くなる前に帰るって言っておいたのに。多分、ご飯も食べないで俺を待っててくれるんだろうな)

今朝方「夕げは一緒にね」と嬉しそうに微笑んで自分を送り出しくれた相手の表情が、新太郎の脳裏に浮かび上がる。一年以上に及ぶ付き合いの中でもいまだときめいてしまうほど、それは華やかな笑みだった。

帰宅時間がいつもどおりになるだけなのに、同居人は心底喜んでくれたのだ。その彼を待たせているという焦燥《しょうそう》は、新太郎の走る速度を更に加速させた。

すでに駆け足になっている新太郎は、道の交差地点に差しかかってもあまりスピードを落とさない。結果、前方には十分な注意を払っていたはずなのに、彼は角を右に折れた瞬間、見知らぬ相手の懐《ふところ》に飛び込んでしまったのである。

「おっと!」

「わっ!」

短い悲鳴は新太郎が発したものだ。しかし、急停止し損ねたにもかかわらず、新太郎はどこも痛めていなかった。

「ごっ、ごめんなさいっ！」

衝突の衝撃を和らげてくれたものが、相手の力強い両腕だと理解した途端、新太郎はぱっと弾かれるようにして顔を上げる。

「大丈夫かい、あんた」

仰《あお》ぎ見た先では、見事な笑顔が広がっていた。かなり癖《くせ》のある笑みだとも表現できるが、どうにも人懐こくて憎めない。

驚くような長身は、新太郎よりも頭二つ分ほど大きいだろう。均整の取れた体躯に細い縞柄の着物と無地の羽織を纏《まと》った姿は、洒落《しゃれ》た風来坊《ふうらいぼう》といった雰囲気を演出している。少し伸びすぎた黒髪も自然に流れて、男の気まぐれを象徴しているようにも窺《うかが》えた。

肩を掴まれたまま、呆然と人目を引きつける容貌へと見惚《みと》れる新太郎は、なお深い笑みに包まれる。

「おいおい、兄さん。その熱い視線は困るなぁ。いくら俺が男前でも、出合い頭に口説《くど》くわけにゃいかねぇだろ」

にっと唇の端を上げた粋《いき》な微笑は、鼻筋の通った面に相応《ふさわ》しい。おそらく、見る者すべての視線を釘付けにしてしまうだろう。

（ああ、そうか。伊織《いおり》に似てるんだ……）

男の魅力的な表情を目にした時、新太郎は自分が言葉を無くして相手を見つめてしまった理由にようやく思い至った。

彼は伊織に似ているのだ。容姿ではなく、醸《かも》し出す婀娜《あだ》な雰囲気そのものが。己の精悍な風貌を踏まえた上での不敵な言い回しも、伊織との出会いを彷彿《ほうふつ》とさせる。

「口説いても大丈夫ですよ。俺は絶対靡《なび》きませんから」

酷《ひど》く嬉しくなってしまった新太郎は、くすっと笑みまじりに応酬した。その反応には意表を突かれたのかもしれない。男はさらに相好《そうごう》を崩して快活に笑ってみせた。

「なるほど、意中の相手がいるわけだ」

「ついでに言うなら、男前の存在にも慣れてるんです」

「……いいなぁ、兄さん。気に入ったぜ。よかったら、その辺りで一杯やらないかい？」

新太郎の細い肩を軽く叩いて、男は陽気な誘いをかけてくる。彼の発する心地よい低音は、拒絶の意思を霧散《むさん》させる威力を秘めていた。

しかし、新太郎は抗《あらが》いがたい誘惑を振り切って、ぺこりと頭を下げたのである。

「ぶつかった上に申し訳ないんですけど、今日はちょっと急いでるんです。ごめんなさい」

「ああ、そういやそんな勢いだったな。まぁ、先約があるなら仕方ねぇか。けど、受け止めてやった借りはしっかり返してもらうぜ、兄さん」

確かに相手の言うとおり、新太郎には体勢を崩しかけた自分を支えてもらった恩がある。ここは一刻でも早く家路につきたい心境を押さえ込んで、素直に男の要望を受け入れるべきなのだろう。相手の言い分に納得した新太郎は、真っ直ぐな視線で男の面を仰ぎ見る。

「分かりました。で、俺はどうすれば？」

「義理堅いトコまでも好みだね。もう名前を押さえとくしかないってことで、是非教えてくれないか？」

「平塚新太郎、歳は二十歳。すぐそこの私学に通ってる学生です」

新太郎は短い黒髪を揺らして一礼する。彼がつい頭を深々と下げてしまうのは、挨拶というものに対しての条件反射だった。

「これはこれはご丁寧に。俺は北浜辰之介《きたはまたつのすけ》って名の遊び人だ。学校も分かったんで、今度改めて兄さんをお誘いするよ。で、本題だ」

男の望みが姓名を名乗ることではなかったことを知った新太郎は、少しだけ戸惑った。だが、それは思いもかけない懇願《こんがん》により、即座に吹き飛んでしまったのである。

「実は、この辺りは久しぶりなんで道に迷っちまってね。よかったら、花街の方角を教えてくれないか？　ここまで洒落といて面目ねぇが、どうも俺は極端な方向音痴《おんち》らしいんだな」

方向音痴な遊び人というアンバランスな組み合わせには、新太郎も笑いを堪《こら》えきれなかった。くすくすと口許を綻《ほころ》ばせながら、新太郎は辰之介が来た方角を指し示す。

「花街はあっちですよ」

「なんてこった。まるきり反対方向かい。まぁ、この馬鹿らしい間違いであんたに俺が印象づけられりゃ、失敗も全部笑い飛ばせるんだがな」

「なら笑い飛ばしてください、辰之介さん。次回のお誘いも楽しみにしてます」

思いがけず楽しい一時を過ごした新太郎は、明るい表情で辰之介に暇《いとま》を告げる。

「それじゃ、俺はこれで」

「ああ、急いでるとこを引き止めて悪かったな」

「いいえ、お礼を言いたいのは俺の方です。転んで怪我なんかしてたら、もっと遅れちゃうとこでしたから。ありがとうございましたっ！」

礼儀を重んじる新太郎は、最後にもう一度お辞儀《じぎ》をしてから再び勢いよく走り出す。途中でくるりと振り返ると、辰之介は軽く手を振って新太郎を見送ってくれた。

「辰之介さんか。なんか凄《すご》い楽しい人だったな。今度誘われたら、伊織にも紹介しよっと」

夕暮れに染まる街並を駆け抜けていく新太郎の口許は、嬉しそうな笑みで飾られていた。

2

新太郎が慌てて帰宅した翌日、澄みきった青は秋の空一杯に広がっていた。

昼が近いのだろう。太陽はもう真上に浮かんでいる。しかし、新太郎が起き上がったのは、つい先刻のことだった。

休日だとはいえ少々遅すぎる目覚めだと、普段の新太郎ならば眉を顰《ひそ》めるところである。けれど、彼にはそんな暇さえ与えられなかったのだ。

「……昨日…っ、あんなに…したのに……」

まだ布団も上げていない伊織の書斎に上擦った声が満ちる。一晩濃密な時間を過ごした空間には、酷く相応しい艶《なま》めかしさかもしれない。

「したからだろう。凄く敏感になってる」

「や…、伊織っ」

途方もなく淫靡《いんび》な響きを織りまぜながら、伊織は新太郎の耳朶《じだ》を甘咬みする。それは一言囁《ささや》かれる度に膝《ひざ》が砕けてしまいそうになるほど深みを帯びた声音だった。長い両腕がしっかりと腰を抱えていてくれなければ、新太郎は自身の身体を支えてはいられなかっただろう。

十分弁えているつもりではあるものの、成人男性を一人抱き留めてもまるで揺るぎもしない伊織の腕力には今でも驚いてしまう。確かに体つきは細いのだが、実際身の丈六尺を越す長身は、ほどよく発達した筋肉に覆《おお》われている。元用心棒という職業柄、心身の鍛錬《たんれん》を怠《おこた》らなかった成果だろう。今は翻訳業という文科系の職業に就《つ》いてはいるが、しなやかで強靭《きょうじん》な体躯は同年代の青年と比較しても決して見劣りしなかった。

ぎゅっとしがみついた伊織の逞《たくま》しい肉体に——そして、肌から立ちのぼる仄《ほの》かな香りにさえ新太郎は幻惑される。

陶酔《とうすい》の表情を浮かべ始めた新太郎には、とりわけ甘い口づけが与えられた。

「……っあ、ん」

舌先が唇の表面をなぞっていく。解放を望む仕種《しぐさ》に応《こた》えて口を開くと、ご褒美《ほうび》だと言わんばかりに口腔内を蹂躙《じゅうりん》された。

濡れた粘膜が上顎《うわあご》を辿《たど》る。自分から舌を絡《から》めたのは、伊織が与えてくれるくすぐったさから逃れたかったからだ。しかし、舌先が重なりあった途端、新太郎の背筋にはぞくぞくと妖《あや》しい感覚が駆け抜けていった。舌の付け根を強く吸われてしまえば、呼吸の合間に漏れる吐息も格段に甘くなる。

いつしか深く鬩《せめ》ぎ合うキスに酔い痴れる。脳髄《のうずい》が甘く痺《しび》れていくような愉悦《ゆえつ》に対して、肉体は顕著な反応を返していた。

「……気持ちよくなってきてるね」

目の覚めるほどの美貌が、妖艶《ようえん》な微笑を形作る。艶めかしくも鮮やかなその表情は、腕よりも強く新太郎を拘束した。濃紺の袴《はかま》の横開きの部分からそっと忍び込んだ指先が、腰骨に触れても抗えない。

「ぁっ、ん……伊織…っ」

「新さん……」

のけ反った首筋を唇が這《は》い伝う。長身を傾けた拍子に、伊織の長い髪がさらりと揺れた。匂い立つほどの色香を生み出す一番の要因となっているのは、後ろで緩く結《ゆ》わえられたこの豊かな黒髪かもしれない。しなやかな毛先が見事な艶を放つ度に、新太郎の鼓動はどうしようもなく跳ね上がるのだから。

「本当に感じやすくなってるね。ここをなぞるだけで、ほら……」

「んっ」

腰に回っていた大きな掌が、袴に包まれた双丘を撫で上げていく。たったそれだけの仕種で、新太郎の背筋はびくりびくりとわなないてしまう。あまりの羞恥《しゅうち》に苛《さいな》まれた新太郎は、ここで初めて拒絶の言葉を口にした。

「……やだ、伊織」

「どうしてだい？」

けれど、淀《よど》みのない口調で伊織はすかさず切り返してくるのだ。拒むのならば、それなりの理由が知りたいと言うのだろう。相変わらず、情を交わす時の恋人は底意地が悪いと思いつつも、新太郎は伏せがちの目元を桜色に染めて小さく告げた。

「…まだ、明るい………」

「明るいところでも、もう何度かしてるだろう。あたしの手を本当に止めたいのなら、もっと納得できる理由を並べるんだね、新さん」

「やぁ……っ」

にべもない返事と共に大胆な愛撫が再開される。先刻ようやく身につけたばかりの着物は、たちまち乱された。

しかし、言葉では突っぱねるものの、新太郎は抵抗らしい抵抗を示さない。――いや、はっきり拒みたくともそうはできない事情があったのだ。

「嫌だなんて言うのかい？　昨日、帰宅が遅くなったお詫《わ》びに、休日の今日一日はなんでも言うことをきくって約束してくれた、その同じ唇で」

そう、新太郎はせめてもの謝罪代わりにと、自分から伊織に誓ってみせたのだ。だから、抗えない。たとえ力の限りに伊織の手を拒んでも、自分が申し出た約束によって何もかも封じられてしまうことは分かりきっていたからだ。

「んっ」

一言も反論できない唇を、柔らかな口づけが覆い尽くす。舌先が絡め取られる頃には、新太郎の覚悟も決まっていた。

「俺だけ……？」

「あたしはもうちょっと後でね」

羞恥心を煽《あお》りたいに違いない。伊織は敷かれたままの布団に押し倒した新太郎の肌を晒《さら》すだけで、自分は髪を解《ほど》きさえしなかった。

「さて、どうしようかねぇ。新さんにしてもらいたいことはたくさんあるんだよ」

下肢の中心で欲望を募らせた様子には満足したのか、伊織は新太郎の胸元を掌全体で殊更《ことさら》優しく辿ってからゆっくりと折り重なってくる。

「あんまり……恥ずかしいのじゃなければ……なんでもする」

「それじゃ、初めの約束と違うだろう」

「ふあっ」

唐突に優雅な指先が胸の突起を撫で上げた。最初はなぞるだけの愛撫も、いつしか揉み込むような動きへと変化し、最終的には何度も強く押し潰す動作に移行する。

「ぁっ、あ！」

腰をはしたなく波打たせながら、新太郎は悩ましい嬌声を振り零《こぼ》した。激しくなる一方の刺激を受けるうちに、紅い珊瑚《さんご》玉は次第に硬度を増していく。尖《とが》りきった先端からは、官能が揺さぶられてしまうほどの喜悦が次々と送られてきた。

「そう、たとえばここだけを弄《いじ》って極めてもらうとか……」

「……んあ、……なの無理…っ」

「だったら、こっちを……」

「ぁっ」

切れ切れに否定した途端、音もなく流れた伊織の指先が奥まった場所で咲く花に触れる。そろりとなぞられるだけで、昨夜一晩愛され尽くした花弁は悲鳴を上げた。

「ひっ、あぁ」

びくびくと健やかな両足を引きつらせて、新太郎は張り詰めた自身から白い雫《しずく》を滴《したた》らせる。まだ熱を持って疼《うず》いている入り口を何度も撫で摩られては、血を更に滾《たぎ》らせて身悶《みもだ》えるしか術《すべ》がなかったのだ。

「新さんが泣くまで舐《な》めてあげるから、それだけで達《い》ってみせてくれるかい？」

「やぁっ、…できな……っ」

「この感度なら、どっちも果たせそうなんだけどねぇ」

しっとりとした声音で言い募る伊織の面には、妖しい微笑が刻まれている。これは伊織が得意とする意地の悪い睦言での追い込みだった。新太郎の肉体に快楽を教え込んだ彼は、どんな技が恋人に有効なのか知り尽くしている。羞恥を増幅する台詞《せりふ》によって自分が迎えるであろう場面を想像させれば、嫌だと拒絶しつつも新太郎がより深い肉悦に溺《おぼ》れていくことを伊織は誰よりも弁えているのだ。

その証拠に、脳裏で恋人が示唆《しさ》した両方の痴態を展開した新太郎は、更に肉体を火照《ほて》らせて己の望みを恥ずかしそうに伊織へと告げていた。

「ぁ、どっちも……嫌だ……。普通のがいいよ、伊織」

潤みきった目で新太郎が伊織を見つめると、彼は蕩《とろ》けそうな表情を浮かべてみせる。おそらく、新太郎の反応は、伊織が望んでやまなかったものなのだろう。

「本当に新さんは可愛《かわい》い人だね……」

愛おしげな口づけが、新太郎の目元を辿り首筋まで流れ落ちていく。そのささやかな感触にさえ肌を粟立《あわだ》たせて、新太郎は伊織の首根にしがみついた。

「ふぁ、ぁっ」

「いつまでたっても初《うぶ》なままで、あたしをどうしようもなく掻き立ててくれるよ。こんなに慎ましくて淫《みだ》らな新さんが、あたしの恋人だと思うだけで堪らなくなる」

「んぅっ」

伊織の心情を訴える口づけは、今まで以上に濃密だった。絡む吐息も火傷《やけど》しそうなほど熱い。翻弄《ほんろう》される。伊織の熱に、その想いに。

だから懸命に舌先で応える仕種によって、新太郎は自分も同じ気持ちだということを伝えようとする。

幸せなのは伊織の恋人であるからだ。これほどまでに綺麗で優しい彼が自分と一緒に過ごす道を選択してくれた事実を思い返すだけで、新太郎の胸は一杯になってしまう。

次第に高まっていく感情は、肉体の高揚に直結した。唇で互いを確認し合う行為のみでは物足りなくなった新太郎は、切ない口調で懇願する。

「あ、もう……そこ」

「分かってる。埋めて欲しいんだろう?」

「やぁ、ああっ」

ひくつく縁をなぞっていた指が、窄《すぼ》まる内側を掻き分ける。強引とも言える進み方は、凄まじい摩擦を生み出した。長い人指し指を迎え入れるだけで、媚肉が熱くざわめきたつ。根元まで沈んでしまえば、ひとたまりもなかった。

「んあ、あっ、あっ」

「やっぱり昨日から立て続けだから、大分過敏になってるよ。こうして回すだけで、腰がうねって止まらないみたいだね。中もあたしを締めつけて離さない」

的確な指摘に愉悦が一層煽られる。掻き乱されるだけの仕種に焦れた新太郎は、自ら足を開いて浅ましい欲望を包み隠さず晒していた。

「い…おりッ、ぁ…も、擦って……っ！　強く…してっ」

「上手にねだれたご褒美だ。新さんのいいところだけを弄ってあげるから、このまま達くといいよ。もう我慢できないだろう？」

「ああっ、あッ！」

鉤《かぎ》状に曲げられた指先が、新太郎の弱点を容赦なく責めたてる。そして、同じ右の親指の腹も、ぴっちりと伊織の指を飲み込んでいる入り口をくすぐって悦びを誘うのだ。

熟して最後の時を待ち望む襞は限界が近いのだろう。新太郎は知らず知らずのうちに抉《えぐ》る動作を激しくしようと、淫猥《いんわい》な下半身をあられもなく前後に波打たせていた。

もうこうなってしまえば新太郎にも己の肉体は制御できない。頂点に向かって淫らな衝動に身

を任せるだけだ。

「んあ、あぁ――っ!!」

蠢《うごめ》く肉が痙攣《けいれん》を放つ。同時に新太郎は爪先まで緊張を走らせて、快楽の頂《いただき》に上り詰めていた。

昨夜のうちに枯れてしまったかと思われた熱情は、睡眠により少々蓄積されていたようだ。桜色に上気した新太郎の肌へと白い飛沫《ひまつ》は悦楽の模様を描き出す。その残滓《ざんし》を空いた左手で塗り広げながら、伊織は新太郎の頬を唇で辿っていく。

「昨日、何も出なくなるまで絞ってあげたのに、もうこんなに回復してたんだね。本当に、仕込み甲斐のある肉体《カラダ》だよ」

「……や……」

恥ずかしさと余韻に震える新太郎は、緩慢にかぶりを振って目を伏せる。けれど、乱れた呼吸が整わないまま、新太郎は伊織の顔を改めて仰ぎ見たのだ。

「……伊織、俺は何をすれば……?」

「そうだね……」

意味ありげに言葉を区切った伊織は、新太郎の体液に塗《まみ》れた左の指先で、ほっそりとした喉元を撫で上げる。

なすりつけられた滑りは皮膚を伝う汗と混じり合ったのだろう。過敏な首筋につつっと一筋の雫が流れた感触は、新太郎の背筋をわななかせた。

「……っ」

顎に辿り着いた親指が、紅く熟した唇をそっとなぞる。些細な仕種は、それだけで伊織が何を望んでいるかを新太郎に知らしめた。続いた言葉は、想像が正しかったことを証明するだけのものでしかない。

「——手始めに今日は久しぶりに新太郎さんの口で準備をしてもらおうかね」

「……ん」

ぽっと新太郎の頬が仄かな色合いに染まる。それは羞恥を感じたためでもあったが、伊織を喜ばせることのできる期待も僅《わず》かに混じっていた。

一旦半身を起こした新太郎は、伊織の下肢にゆっくりと頭部を埋めかける。けれど、その瞬間。書斎と一間《ひとま》隔てた玄関から、客の訪《おとな》いを告げる言葉が届いたのである。

「こんちは。誰かいねぇのかい？」

新太郎には聞き覚えのない声だった。だが、伊織にとっては馴染みの響きであったらしい。彼は情事の艶を一瞬で切り離して、客の応対に走ろうとする。それはさんざん翻弄された新太郎にしてみれば、憎いまでの豹変ぶりだった。

「あたしの客らしいね」

「じゃ、お茶の支度《したく》……！」

慌てて立ち上がりかけた新太郎は、伊織の右手が軽く制す。それから彼は口許に艶やかな笑みを敷いてみせたのだ。

「着物を着てからで構わないよ。――いや、頼むから顔を出すのは、新さんの火照りが収まってからにしておくれ。そんな色っぽい表情は誰にも見せたくないからね」

最後の囁きは揶揄《やゆ》を絡めて耳元に注ぎ込まれる。新太郎が言葉を詰まらせた時には、すでに伊織は書斎から姿を消していた。


突然、なんの前触れもなく訪れた男性客は、居間に通されるなり挨拶と言うには大胆不敵な台詞を口にした。

「久しぶりだな、伊織。相変わらず、綺麗な面《ツラ》してやがる」

「とりあえず、用件を聞いておこうかね」

しかし、相手の意味深長な言い回しには慣れているのか、伊織の声はまったく揺るがない。

（……俺の聞き違いじゃなければ、結構凄い応酬だったような……）

素早く身支度を整えた新太郎は、隣の書斎でおもてなしの準備を整えつつ、二人の様子を窺っていた。別に立ち聞きするつもりがあったわけではない。ただ、彼はお茶を差し入れる間合いを計っていただけなのだ。

けれど、伊織たちの会話に好奇心をくすぐられた新太郎は、気がつけば少しだけ隙間をみせる襖《ふすま》の合わせ目から隣接する室内をこっそりと覗《のぞ》いていた。

狭い視界の中には残念ながら相手の男は入らない。だが、伊織の佇《たたず》まいだけは確認することができた。どうやら一定の距離を置いて、二人は対面しているらしい。きちんと正座してはいるものの、伊織からは緊張感も堅苦しさも感じられなかった。

(なんだか俺のまだ知らないお友達みたいだな。星山《ほしやま》さんみたいな人なのかな?)

新太郎が想像を膨《ふく》らませている間に、男は強い口調で切り出した。

「用件なんて決まってんだろ。長丁場の仕事が終わったんで、いつもどおり伊織に逢いにきたんだよ。……ったく探したぜ。おまえは夕霧楼《ゆうぎりろう》からいなくなってる上、姐《ねえ》さん方から変なウワサまで吹き込まれるし」

「噂?」

「伊織、おまえ女に惚れて、例の家業からも足を洗ったってのは本当なのか?」

「さぁてね」

はぐらかそうとする伊織を許すまいと、男は畳に沿ってにじり寄る。二人の距離は瞬く間に詰められ、互いの膝頭はすでに接触してさえいた。

（あぁっ、髪の毛が邪魔で顔がよく見えないっ）

無造作な頭髪は、不埓《ふらち》な男の横顔を隠してしまう。僅かな隙間から覗く新太郎に判別できたのは、すっと通った鼻筋だけであった。

「本当だったらどうするつもりだい？」

しかし、焦る新太郎を余所《よそ》に、間近に迫られながらも伊織は微塵《みじん》も怯《ひる》まない。そんな伊織に焦れたのか、客はさらに大胆な行動に取って出た。

目にも留まらぬ速さで立ち上がった男は伊織の肩に手を回すと、ぐいっと力任せにしなやかな肉体を抱き寄せたのである。半ば無理矢理立たされる格好となった伊織は、それでも頭一つ分上背のある男の腕の中で婉然《えんぜん》とした笑みを放っていた。

「その女と手を切らせるまでだ。何度も言ってるだろう、伊織は俺のモノにするんだって……」

顎に添えられた男の手が、否応《いやおう》なく次の行動を予想させる。

（えっ、嘘⁉）

新太郎が信じがたい驚愕《きょうがく》に襲われる最中《さなか》、伊織の面に相手の唇が寄せられる。けれど次の瞬間、さらに信じがたい光景が、新太郎の目の前で展開されたのだ。

「そういう戯《ざ》れ言は、あたしに一度でも勝ってから言うんだね」

体格差が勝負を左右するものではないことを、改めて新太郎は思い知る。

いつの間に体勢を入れ替えたのだろう。涼やかな笑みを守ったまま、伊織は狼藉《ろうぜき》を働きかけた男の腕を素早く捻《ひね》り上げていたのである。さして力も入れてないように見受けられるが、背中の方に逆手の形で腕を戒《いまし》めた伊織の手は簡単に振りほどけるものではない。新太郎は恋人の腕力と卓越した拘束技術を身をもって知っていた。

「痛ェ、痛ぇって！　てめぇ、本気でやってやがんな」

「あたしが本気を出したら、辰の右腕は折れてるよ。なんなら試しに見せてあげようか、あたしの本気ってやつを」

「それは俺以外の腕でやれ！　――って待てよ、伊織。捩《ね》じるのは勘弁してくれ」

「だったら言うことがあるんじゃないのかい？」

男を追い詰める声が心なしか楽しそうなのは、気のせいではないのだろう。伊織の悪い癖が出ているのかもしれない。自分が可愛いと思っている対象には、ついついいけずを重ねてしまうという悪癖が。

「今回もすみませんでした。また鍛えて出直します」

「ま、今日のところはそれで勘弁してやろうかね」

くすくすと口許を綻ばせて、伊織はようやく相手の腕を解放した。ついでに襖へと視線を流してきたのは、新太郎が固唾を飲んで一部始終を見守っていたことに気づいていたからだろう。

「……というわけで、この客人にお茶をお願いしますよ、新さん」

「はいっ！」

急なご指名に慌てた新太郎は、勢い余って襖をカラリと開け放ってしまう。その拍子に、伊織の背後で立ち尽くす訪問客と目が合った。

「えっ、辰之介さん？」

「そういうあんたは昨日の兄さんじゃないか」

驚愕ばかりが押し寄せる。まさか昨日知り合った印象的な青年が、伊織の知人であったとは考えもしなかったことだ。それは辰之介も同様だったに違いない。目を見開く様は、新太郎と同じ驚きに満ちていた。

偶然の再会を果たした二人の間で、伊織は不思議そうに首を傾ける。

「なんだい、二人は知り合いだったのかい？」

「それはこっちが言いたいぜ」

辰之介の一言は、新太郎の心情をすべて語り尽くしていた。

「また方向音痴で他人様《ひとさま》に迷惑をかけてたのかい。相変わらずだねぇ、辰」

「仕方ねぇだろ。あの病気ばっかりは治らねぇんだから」

出会いの経緯を聞いた途端、伊織は柔らかな苦笑で納得を示した。それだけ辰之介は友人の前で同じ失敗を繰り返しているということなのだろう。「相変わらず」という称号を頂いた辰之介は、面白くなさそうに唇を尖《とが》らしてみせた。

「それじゃ改めて紹介するよ、新さん」

和やかな雰囲気の中、伊織は脇でかしこまる新太郎へと自分の正面に座る男を指し示す。

「この男は辰之介と言って、あたしの元同業者だ。あっちではなく、用心棒の方のね。夕霧楼で一緒に働いていたこともあったんだよ。今は店のお抱えじゃなくて、特定の旦那に仕えてるようだけどね。とりあえず、あたしより二つばかり年下なんだが、悪友って位置づけが一番近い男だよ」

「まぁ、適当な紹介だな。付け足すことは何もねぇよ。遊び人ってことは、昨日の時点で言ってあるし」

「友」の前に「悪」と言う文字が付加されても、辰之介は気にならないらしい。己の素行は誰よりも自分が一番弁えていることの証明なのだろうか。にたりと笑っただけの悪友に促される形で、伊織は控えめな視線を新太郎へと向けてくる。

「それじゃ、今度は新さんを紹介するよ、辰之介。彼とは建築が縁で知り合ってね。花街から足抜けした際、同居人を買って出てくれたんだ。家の一切を取り仕切ってくれている働き者の学生さんだよ」

「でも、家事を引き受ける代わりに家賃は半分しか払ってませんので、伊織の褒め言葉も話半分で聞いておいてください」

にこっと笑ってすかさず付け加えた新太郎の機転が、いたくお気に召したのかもしれない。辰之介は例の魅力たっぷりの笑顔で何度も頷いてみせた。

「うんうん、やっぱ兄さんは相当頭がいいな。結構、独りでいたがる伊織があんたを傍に置いてるのも分かる気がすんぜ」

辰之介の言葉は、図らずも伊織が仕事以外では他人と一線を引いて付き合っていたことを露呈《ろてい》する。おそらく、辰之介のような余程勘のいい人間を除いては、その真実にすら気づいていなかったに違いない。伊織の柔和な態度は、彼自身の心情を隠す煙幕《えんまく》にもなっていたのだ。

(別に人間嫌いっていうわけじゃないんだろうけど、多分学生時代の友人関係が「独りでいたがる伊織」を作っちゃったんだろうな)

過去の経験から得た防衛策は、新太郎にも物哀しさを伝えてくる。伊織の苦労と心の疵《きず》を思うと、やりきれなささえ覚えるほどだ。

けれど、他人との接触を心の底では躊躇《ためら》っていた伊織は、新太郎の健やかさによって変化のきっかけを見いだしたのだ。その証拠に、伊織は最初から新太郎と親しく接してくれた。そして、ついには新太郎に初めての恋情を抱くほどに心を開いてくれたのである。

現在の伊織は決して他人を拒んだりはしない。新太郎が寄り添う今は、何も恐れる必要がないからだろう。

だが、友人の心の内を密かに看破していたが故《ゆえ》に、辰之介にとっては新太郎という同居人の存在は驚異に等しかったようだ。

「やっぱり恋人ができたから変わったのかねぇ」

「さぁね。好きに想像するといいよ」

探りを入れるような視線も、伊織は柔らかな微笑でかわすだけだ。さすがは駆け引きに慣れている男である。秘め事を曖昧《あいまい》に濁《にご》す技も冴え渡っていた。

「まぁ噂の真相はいずれ暴くとして、男の二人暮らしってことなら、俺にとっちゃ都合がいいな。俺はてっきり女と一緒だと思い込んでたんで、ちっと頼みにくくなるだろうなって覚悟してたんだよ」

しかし、対する辰之介も一筋縄ではいかない人間であるようだ。にっと笑った不敵な笑みには、隠しきれない強《したた》かさが滲んでいた。

「またあたしにお願いかい。辰の無理難題はもう聞き飽きてるんだけどねぇ」

「まあまあそう言わず。今回の頼み事は、そう大したことじゃないからさ。実は、次の仕事が決まるまで、ここに居候《いそうろう》させて欲しいんだな」

「……辰には自分の家があるだろう」

「俺がしばらく留守にした隙に、どうもあそこで女が鉢合わせしたらしくてなぁ。帰りづらくなってんだよ」

バツの悪そうな言い訳に、伊織はため息を織りまぜる。

「だったら、馴染みの女のところに転がり込めばいいだろう。お盛んな辰には、あてなんざ腐るほどあるんじゃないのかい？」

「いや、だから鉢合わせした後、女たちが結託したらしくてな。俺が帰り次第、誠意《まこと》を問いただそうってやっきになってるようなんだ。昨日だって、花街に入った途端吊るし上げを食いそうになったんだぜ」

おそらく、ほうほうの体で逃げ出したのだろう。昨夜の出来事を思い出した辰之介の眉は盛大に歪《ゆが》んでいた。だが、そんな彼に対する伊織の返答はにべもない。

「全部自業自得だし、そろそろ一人を選べってことなんだろうよ。観念するんだね」

「俺はまだ一人に縛られたくねぇんだよ。身を固めるには、まだこの世に愛でてない花がありすぎらぁ」

「そんなことばっかり言ってると今に天罰が下るよ、辰之介」

「数えきれないくらいの女を袖にした伊織だけにゃ言われたかねぇな」

言いたいことを言い合える間柄なのだろうが、息をつかせぬ応酬に新太郎は目を見瞠《みは》るしかなかった。悪口雑言とも取れる口を叩く伊織には、そう滅多にお目にかかれるものではないからだ。

（昔馴染みの星山さんの時だって、もっと丁寧な口調だったような気がする。俺にも意地悪は言うけど、皮肉とか厭味なんて絶対言葉にしないもんな）

（凄いな……。こんな伊織を見るのは初めてだ）

今まで知り得なかった伊織の新たな一面を発見した新太郎は、嬉しさ半分驚き半分の感動を味わっていた。どうやら、辰之介の登場には感謝しなければならないようだ。

「それを言われるとあたしも弱いね」

「だろ。だから、しばらくここに置いてくれよ。何、そんな長くは邪魔しねぇよ。半月後には新しい仕事が入ってるから、それまでの辛抱だ」

「辛抱するのはあたしたちの方だよ、辰之介」

選ぶ単語が違うだろうと咎《とが》める伊織だが、その口許は苦笑に覆われていた。辰之介の説得に折れたと言うよりは、諦めの境地に至ったのかもしれない。伊織はやれやれといった表情で了承を示したのである。

「仕方ないね。二階の奥の部屋が客間として空けてあるから、好きに使うといいよ。新さんも構わないだろう?」

「うん、勿論」

「そいつはありがてぇ。やっぱり伊織は頼りになるな」

嬉しそうに笑う辰之介を眺めながら、新太郎は予想どおりの結末に一人心の内で満足していた。

新太郎には伊織が辰之介の頼みを受け入れることなど分かっていたのだ。相手が親しい友人である上、もともと心根の優しい伊織は困っている知人をあまり無下《むげ》にはできない。星山を援助した時も、昔馴染みの女性の依頼で通訳を引き受けた時も、彼は自分のできうる限りのことをしてみせたのだから。

「よし。それじゃ、さっとてめぇん家に忍び込んで、当座の荷物を持ち出すかな」

話が決まるやいなや早速次の行動に移るのは、辰之介の習性なのだろう。膝を叩いて立ち上がった彼は、にかっと笑って退去の言葉をまくしたてた。

「ってなわけで、今日のところはこれで失礼すんぜ。明日、荷物と一緒に転がり込むんでよろしくな、お二人さん。ああ、見送りはいいからよ」

軽く手を振りながら、辰之介はいそいそと一人で玄関へと向かっていく。呆気にとられていた新太郎が我に返ったのは、伊織がため息まじりにくすっと笑った時だった。

「相変わらずせわしない男だね」

「なんだか台風みたいな人だ。――って俺もぼんやりしてらんないな。辰之介さんが来るのなら、色々準備しとかなきゃ。奥の部屋を掃除して、布団も干して……」

指を折りつつ、明日までの計画を組みかけた新太郎に、伊織は横合いから口を出す。

「だめだよ。新さんには何よりも優先してやるべきことがあるだろう」

「え、俺なんか忘れてる？」

疑問符で頭の中を満たして伊織の面を見つめた途端、艶やかな笑みが視界一杯に広がった。続く言葉は、予想と寸分も違《たが》わない。

「あたしとの約束を反故《ほご》にするつもりかい？」

「……っ」

「さっきは中途半端に終わっちまったから、身体も熱いままだろう」

夜の微笑を向けられた新太郎の頬は、一瞬にして赤く染まった。その指摘が事実であるために、尚更肌は紅潮していく。

脇に座る伊織の指先が、俯《うつむ》きかけた顎に触れる。軽く持ち上げられたと感じた時には、伊織の唇が間近まで迫っていた。

「明日の朝までたっぷり泣いてもらうよ、新さん。しばらくおとなしくするしかなくなっちまったことだしね」

吐息の混じり合うような距離で、伊織はふふっと軽やかに笑う。その位置から舞い降りた口づけを、新太郎は静かに受け入れていた。

そうして、翌日から男ばかり三人の生活が唐突に始まったのだ。

第二章　このからだは

1

「辰之介さんって、本当に遊び人なんですか？」

「――新太郎、俺に対して丁寧な言葉遣いをする必要はねぇって言っただろ。伊織としゃべる時と一緒でいいんだよ」

同居生活が始まって三日目の朝。

新太郎は昨夜初めて聞かされた注文を改めて思い出す。

堅苦しい雰囲気が嫌いなのだろう。辰之介は目上に対する態度は必要ないと自分から言いだしたのだ。新太郎にしてみれば、多少抵抗が残っていたのだが、辰之介よりも年上の伊織と対等の口をきいている現状では、彼の望みは受け入れるしかなかった。

「それじゃ、改めて。辰之介さんって、本当に遊び人なの？」

砕けた口調ににこっと笑ってから、辰之介は次の着物に手を伸ばす。

秋晴れの空の下、新太郎は辰之介と並んで洗濯物を干しているのだ。別に強要したわけではない。学校へと出掛ける前に家事をこなす新太郎を、辰之介は自ら進んで手伝ってくれているのである。居候としては、なかなか立派な心構えだと言えるだろう。

「そりゃ伊織との遣り取りで分かっただろ。俺は無類の女好きなんだよ」

「あ、そういう意味じゃなくて。『遊び人』っていうのは、用心棒にしろ普通のお勤めにしろ、あんまり働いたりしないいんじゃないかって思ったから」

「なるほど。想像していた『遊び人』と違うってことか」

「正直に言えば、そうなるかな」

素直な感想には好感を抱いたのかもしれない。辰之介は手を休めずに、さらりと真実を教えてくれた。

「実際、俺は特別稼がなくても暮らしていけるだけの金は持ってるよ。早くに逝っちまった親が、土地やら何やら色々と残してくれたんでね」

「あっ！　ごめんなさい、俺……っ」

新太郎ははっとした顔を作り上げて眉根を寄せた。謝罪以外の言葉が見つからない。深く考えずに発した質問が、立ち入った部分に触れてしまうとは思ってもみなかった。

思慮の足りなさを、新太郎は頭を下げながら反省する。しかし、辰之介は酷く恐縮する新太郎の反応を、軽く笑い飛ばしてしまうのだ。

「気にするな、新太郎。別に隠してることでもねぇし、天涯孤独になったおかげで好き勝手もできてんだからな。用心棒まがいのことで生計を立ててるのも、財産を食い潰す人生じゃつまんねぇなと思っただけなんだよ」

出会いから三日。その間に、新太郎は辰之介の人を引きつける笑顔に何度出会ったか分からない。

何しろ、辰之介はおおらかなのだ。あまり物事にこだわらない性質は、今の受け答えだけでも十分に証明できるだろう。だからと言って、無神経なわけでもない。力仕事は何も言わずに引き受けてくれるし、伊織が書斎に籠《こ》もっていれば相応の配慮も働かせる。辰之介という男は、繊細な心配りと豪胆な性格を兼ね備える人間だった。

そんな辰之介に、誰が興味を持たずにいられるだろう。もとより、新太郎は人一倍、他人との関《かか》わり合いを好む青年だ。伊織とは異なる魅力の持ち主に、日々傾斜していく自分を新太郎はひしひしと感じていた。

「どうだ、俺は立派な穀潰《ごくつぶ》しの遊び人だろう?」

自らの身分を分析してみせる口調はとても明るい。けれど、彼の言葉尻には自嘲《じちょう》も微かに見え隠れするのだ。その様子に、新太郎は伊織の姿を重ねてしまう。

(ああ、本当によく似てる人たちなんだな)

伊織と辰之介の二人は、自らが持つ力――例えば財力であるだとか、息を呑んでしまうほどの美貌であるだとか――の凄さを自覚していながらも、それがいまひとつ自信には繋がっていかないのである。最初から自分に備わっているものだったからこそ、価値が見いだせないのかもしれない。けれど、生き方としては大変不器用な生き方だった。

新太郎は彼らの共通点に思いを馳《は》せながら、ぱんっと皺《しわ》を伸ばして最後の手拭《てぬぐ》いを手際よく干した。それから彼は、改めて辰之介へと向き直る。

「ううん。やっぱり辰之介さんは遊び人じゃないと思う。だって、遊び人を名乗る人は、家事を手伝ったりしないはずだから」

「そうか？　女はこういう優しさに弱いもんだぜ」

自信たっぷりに言い放つところをみると、すでにこういった類の言動を実践しているに違いない。今時の男性らしくない行為だと言ってしまえばそれまでだが、珍しい行動であるが故に辰之介に対する好意的な印象はさらに深くもなるはずだった。しかし、女性心理としては狡《ずる》さに対する嫌悪よりも、多少計算が働いていようとも相手の思いがけない優しさに触れた喜びの方が勝るのだ。

「こいつは遊び人の手口だけど、新太郎も思わずくらっときたんじゃねぇのか？」

「確かに、手伝ってくれるのは嬉しいよ。辰之介さんの笑顔に、ちょっとどきどきしたりもするし。でもね」

新太郎は一旦言葉を区切ると、快晴の天気にも負けない爽やかな笑顔で、さらりとのろけてみせたのである。

「俺の好きな人も辰之介さんに負けないくらい優しい人なんだ。だから前にも言ったけど、俺は辰之介さんに靡いたりはしないよ、絶対に」

「……こりゃ恋敵はなかなかの御仁《ごじん》とみえる。まいったな、あんたを口説くには、もっと精進しねぇといけねぇのか」

なかなかつけいる隙を見せない新太郎に、ぶつぶつと呟く辰之介の眉は微妙に歪む。珍しく渋い表情を浮かべる辰之介には、新太郎も苦笑を誤魔化《ごまか》しきれなかった。

「俺のことは諦めて欲しいな。それが一番手っとり早いはずだし」

「いや、こういう難攻不落の城を落としてこそ、遊び人の技にも磨きがかかるんでな。覚悟しとけよ、新太郎。これからも俺は無駄な努力を重ねてやるから」

「それじゃ、一応俺も『楽しみにしてます』と言っておこうかな」

不敵な宣告に対して新太郎がこれほどの余裕が持てるのも、恋人が伊織であるからだ。駆け引きに関しては百戦錬磨の彼と日々を過ごしていなかったならば、新太郎は早い段階で辰之介の術中に陥《おちい》っていたことだろう。どうやら自身を鍛えてくれた伊織には、感謝しなければならないようだった。

「その件とは別に、お手伝いをどうもありがとうございました、辰之介さん。今日もすっごく助かりました」

「いえいえ、どういたしまして」

ひらひらと手を振る辰之介に見送られつつ、新太郎は足早に裏口へ回る。すると、一部始終を見守っていたのか、戸口の陰には笑みを湛《たた》えた伊織が立っていた。

「辰之介と仲がいいね。少しばかり妬けるよ」

「そんなこと、思ってもいないくせに」

伊織の言葉が冗談であることは、その柔らかな表情が語っている。おそらく、「靡かない」ときっぱり言い切った新太郎の台詞を聞き逃してはいないのだろう。喜びに溢《あふ》れた虹彩の奥には、微かだが自信めいた光も覗いていた。

「豪放磊落《ごうほうらいらく》な辰之介に惹《ひ》かれているのはあたしも一緒だからね。第一あの男を拒める人間なんて、そうざらにはいないよ。本当にあれであたしにせまる癖さえなければ、いつ来たって諸手《もろて》を挙げて歓迎してやるんだけどねぇ」

とため息をつきながらも、伊織は辰之介を友人としてしっかり認めているのだ。何度言い寄られようとも、辰之介の性格は憎みきれないというところなのだろう。

伊織の心理に共感を抱いた新太郎は、第三者の――辰之介の目がないことを確認してから、すっと背伸びをして戸口に凭れる恋人の頬に軽く口づけた。

「新さん……⁉」

「伊織、あんなに素敵で熱心な辰之介さんに、今まで傾かないでいてくれてありがとう」

「……っ！」

自分からの行動によって耳朶まで桜色に染めた新太郎を目の当たりにして、伊織は何を思うのだろう。驚きに見開かれた瞳は、次第に笑みの形へと撓《たわ》んでいった。

「――分かってないね、新さんは。辰之介の後に出会った新さんを選んだのはね、あたしにとってあんたの方が魅力的だったからだよ」

「伊織……」

「恋をするのは理屈じゃないね。他人から見ていくら辰之介が男前でも、いくらあたしに惚れていても、あたしが好きになったのは新さんだけなんだよ」

真摯《しんし》な告白は、何度聞いても新太郎の動悸《どうき》を激しくさせる。嬉しさと恥ずかしさで、胸の奥はどうしようもなく一杯になってしまう。おそらく伊織を見つめる面は、真っ赤に上気しているに違いない。

「確かに、同族の辰之介には惹かれもする。けど、同族だからこそ深みにははまらない。あたしの心に響く言葉を紡ぐのは新さんしかいないんだよ……」

優雅で繊細な指先が火照る頬を滑っていく。傾き加減の首は、静かに口づけを求めていた。

あっと言う間に作りだされた甘やかな雰囲気に流されかけた新太郎は、ここが台所に続く勝手口だということも忘れて目を閉じる。

しかし、次の瞬間。

「新太郎、早く飯を食わねぇと遅刻するぞ～」

居間から届いた辰之介の声が、新太郎を我に返らせたのである。

「……っ！　うん、今行くよーっ」

返事が上擦っていなかったかと心配する新太郎の後には、伊織の苦笑が従った。

「やれやれ、とんだ邪魔が入ったね。これからもこういうことが続くんだろうねぇ」

新太郎にも同様の予感が襲いかかる。そして、二人が想像したとおり、伊織の言葉はまさしく現実のものとなったのだ。


「……んっ、も…だめ……だって」

「あと一度だけ……」

冷え込みと共に、夜が更けていこうとする静かな時間帯。

納期が迫る仕事を進める恋人へと作り置きの夜食を運んだ新太郎は、丁度手を休めていた伊織に手招きされた。しかし、何の疑問も抱かずに近づいた途端、彼は手首を掴まれて引き寄せられてしまったのである。気がつけば、新太郎は伊織の膝の上にしなだれかかるような体勢で抱え込まれていた。

慌てて起き上がろうとしても、もう遅い。新太郎の細い肩を大きな掌が固定する。身を捩っても、思いのほか太い腕は揺らぎもしなかった。

唇はあえなく塞《ふさ》がれて、何度も何度も深い口づけを繰り返される。逃げる舌を絡め取り、伊織は唇の快楽を思うさま貪《むさぼ》り尽くす。

「ふ…う…、んっ」

新太郎から時折漏れる声と吐息は、果てしなく甘い。しばらく情を交わしていない身体には、たやすく熱が蓄積していくようだ。己の情動を察知した新太郎は、今度こそ本気の懇願を口にした。

「伊織……っ、もう本当に……！」

一度口づけだけで極めてしまった実績がある新太郎にとっては、この辺りが限界だった。今以上キスを重ねられては、肉体が暴走してしまう。それでなくとも常に燻《くすぶ》っている愉悦の火種は、新太郎の意思に関係なく、健やかな肌の下で炎を吹き上げる瞬間を狙っているのだ。自身の身体を制御しきれなくなる前に、伊織の愛撫は拒んでおかなければならなかった。

「新さん……」

力なく突っぱねる手を、伊織の掌がとりわけ優しく包み込む。持ち上げられた指先に滑る唇は、涙の滲《にじ》みかけた目尻をも辿っていった。

「止めてくれてありがとう、新さん。あたしも我慢できなくなるところだったよ」

苦笑と共に注がれる囁きにさえ、ぞくりと肌が粟立ってしまう。

身体は伊織を求めている。伊織もまた新太郎を切望してくれていた。

けれど、今夜は——いや、今夜も欲望を抑制しなければならないのだ。勘の鋭い辰之介に、両者の関係を悟られるような痕跡《こんせき》は残したくはない。

恋人たちはとても慎重になっていた。辰之介に真実を見抜かれることを恐れていたと言っても過言ではないだろう。

彼を信じていないわけではない。恋人同士であることが露顕《ろけん》しても、二人が黙っていてくれと頼み込めば、辰之介は快く引き受けてくれるはずだった。けれど、辰之介には知人が多い。それも口さがない女性の知己《ちき》を、彼は両手に余るほど抱えているのだ。それは情報の拡散する度合いが非常に高いことを意味していた。

約束したとはいえ、酔った拍子に辰之介の口が滑るとも限らない。懇《ねんご》ろになった女性に望まれて、彼らの秘密を寝物語として話してしまうかもしれない。

何より、仕込み師家業から足を洗ったとはいえ、今でも女たちの心に残っている伊織のお相手は、花街での最大の関心事でもあったのだ。一度、新太郎の名前が漏れたら最後、噂は大学にまで及んでしまうだろう。そうなれば、秘めた恋は高い確率で引き裂かれる。常識から外れる行為を、世間は好奇心の目で眺めながらも厭《いと》うからだ。

結果として、今更離れられない二人は、何もかもを捨てて逃避行を選ばざるを得なくなる。けれど、夢を抱く新太郎と恋人の夢を叶えさせたい伊織は、哀しい結末をできる限り避けたいのだ。だから、辰之介には知られたくない。平穏な生活とささやかな幸せを望む恋人たちは、友人に秘密を晒せないうしろめたさを抱えながらも、細心の注意を払って慎重に行動しているのである。

「……身体はまだ保《も》ちそうかい？」

「ん……」

自身が浅ましい肉体の持ち主であることは新太郎も自覚していたし、伊織にその事実を告白してもいた。しかし、やはり改めて恋人に問われると、たまらない羞恥が込み上げる。紅潮した面を伊織の胸に埋めた新太郎は、消え入りそうな声音で答えを綴っていた。

「伊織と離れてるわけじゃないから……」

長い間直接肌を重ねなくとも、心が満たされている限り、あからさまな肉体の飢えは感じられない。ただ単に、無意識のうちに誤魔化しているだけのことかもしれないが、それでも伊織が傍にいてくれれば、触れ合いたい衝動はどうにか押さえ込むことができた。

「可愛いことを言うね、新さんは」

髪を梳《す》く仕種が、伊織の胸に抱かれる安堵感《あんどかん》を一層深めていく。だが、名残惜しいけれども、そろそろ本当にこの温もりから離れなければならなかった。

「伊織……、ごめんね」

「新さんが謝ることじゃないよ」

すっと身体を起こした新太郎を、さりげなく伊織が支える。膝立ちになった彼が伊織を見つめると、恋人は微笑みながら短く付け加えてくれた。

「うん、もう帰っても大丈夫だよ。瞳も潤んでないし、唇の赤味も消えた。いつもどおりの新さんだ」

「……っ」

あまりにも恥ずかしい確認には、一瞬言葉に詰まりかけてしまう。けれど、新太郎は伊織を睨む仕種と一緒に、かろうじて切り返すことができたのだ。

「……伊織、また俺を苛めて楽しんでるだろう?」

「分かっちまったかい？」

あっさりと認められてしまっては返す言葉も見つからない。せいぜい毒にもならない悪態をつくのが精一杯だろう。

「伊織の意地悪っ！　もう俺寝るからっ」

「おやすみ、新さん」

新太郎は切れ味の鈍い捨て台詞を残して伊織の書斎を後にした。

(分かってはいるけど、どうして伊織はあんなに意地が悪いんだ？　いつもは凄く優しいくせに！)

憤《いきどお》りというには可愛らしい怒りが、新太郎の内で吹き荒れる。それでも階段を上る足音を抑えることができたのは、辰之介が眠っているかもしれないと思ったからだ。

「よう」

しかし、新太郎の配慮は無用のものであったらしい。自分の部屋の襖を開けた途端、隣の客間から辰之介がそろりと顔を覗かせた。

「新太郎、明日は休みなんだろ？　よかったら付き合わねぇか？」

にかっと笑った辰之介は、手にした一升瓶を差し出してみせる。まだ眠る気分にはなれなかった新太郎は、喜んで彼のお誘いに乗ることにした。

「よくなくても付き合うよ。まだ借りも返してないことだしね」

「そういや、そんな約束もしてたっけな」

出会いの瞬間を思い出している辰之介の部屋に、新太郎は逡巡なく入り込む。いつの間に持ち込んだのか、客間には少々のつまみと見慣れた湯飲みが用意されていた。

「ま、一杯いきねぇ」

「遠慮なくいただきます」

早速傾けられた酒瓶の口を、新太郎は湯飲みで受け止める。だが、辰之介の前にちょこんと座った新太郎が器を差し出した瞬間、酒を注ごうとした手は止まってしまったのだ。

「あれ、なんかいつもと雰囲気が違わねぇか？」

「……違うって、どんなふうに？」

「上手《うま》く言えねぇんだが、こう艶っぽいのが滲み出てる感じだ。もうちっと色香が増せば、俺の理性も危ないな……」

新太郎の薄い肩がびくりと僅かに震えてしまう。辰之介の観察眼の鋭さには驚嘆せざるをえなかった。伊織が大丈夫だと太鼓判を押したにもかかわらず、辰之介は新太郎の微妙な変化を的確に捕らえてみせたのだから。さすがは遊び人を自称するだけのことはある。婀娜な空気を嗅ぎ取る嗅覚は、伊織以上かもしれなかった。

「……多分、風呂上がりで血行がよくなってるからじゃないかな？　さっきちょっと逆上《のぼ》せかけちゃったし」

「ああ、言われてみればそうかもしれねぇな。俺としたことが、それを色香と見誤るとはなんたる不覚！」

「もう酔ってるみたいだ」

「手酌でついつい進んじまってよ」

くすっと笑った新太郎の器に、改めて透明な液体が注がれる。その様を見つめながら、新太郎は立ちのぼる情欲を上手く誤魔化せた安堵に胸を撫で下ろしていた。

「新太郎はイケるクチかい？」

「そこそこに」

一口含んだ途端、芳醇《ほうじゅん》な香りと奥行きのある味が口腔内に広がった。称賛は液体を飲み下すと同時に零れ落ちてしまう。

「美味しい……。こんなの初めてだ」

「嬉しいね。味を分かってくれてさ。ま、どんどんいきねぇ」

唐突に始まった酒盛りは、美酒の力も借りて長く続いた。

ずっと聞きたかったことを新太郎が口にできたのは、心地よい酔いと共に遠慮も溶けていたか

らだろう。新太郎の質問に対して、辰之介もまた陽気に答えてくれた。

「俺と伊織の馴れ初めが知りてぇってか？　よしよし、それじゃ教えてやろう」

そうだな、あれは三年前――と、語り始めた辰之介の昔話は、新太郎を瞬く間に過去の世界へと導いていった。

「……俺はその頃から羽振りのいい旦那の用心棒をしててな。ある時、その主人のお供でお妾《めかけ》さんの家に行ったわけだ。まぁ、妾というからには身請《みう》けしたばかりの女だと思ったんだが、それがどうもワケありの後家さんでよ。察するに、何度も流産を経験した挙げ句不感症気味になっちまったらしいんだな」

「もしかして……」

二人が華やかな花街の中で用心棒同士として知り合ったという想像を組み立てていた新太郎は、思わず目を見開いてしまった。事実を察知した彼には、すぐさま肯定の言葉が与えられる。

「そのとおりだよ。妾宅《しょうたく》で俺は『仕込み』の仕事をしていた伊織と会ったんだ。あいつは技と一緒に、快楽の貪り方も教えることができるからな」

出会った瞬間のことを思い出したのだろう。辰之介は自身の興奮を鎮めるかのように、手にしていた湯飲みを傾けて勢いよく酒をあおった。

「初めて顔を合わせた時の衝撃は忘れねぇよ。これが男かと思った……。いや、男だと分かっていたのに、息を飲まずにはいられなかったんだ」

新太郎は声もなく、こくこくと頷いて同意を示す。初対面の夜、新太郎もまた伊織の美貌に見惚れた一人であったから。

「あんたも一緒か。まったく伊織も本気で罪作りな男だよな。そこそこ綺麗な女を隣に置いても、まるで見劣りしねぇんだからよ。しかし、あれはちょっとした屈辱だったな……」

過去を思い描く辰之介の言葉が不意に途切れる。その原因が分からない新太郎は続きをせがむように、質問を重ねていた。

「何かあったの?」

「何かなんてもんじゃ……」

と言いかけて、辰之介ははっと我に返った様子で新太郎を見つめなおす。言葉にすることを憚《はばか》られる事件があったのだろうか。彼は珍しくわざとらしい口調で切り返してみせた。

「そう、何かあったなんてもんじゃなかったぜ。俺はその場で男に一目惚れしちまったんだからな。遊び人たるこの俺様がだ。屈辱でしかないだろう?」

「辰之介さん……」

新太郎の言葉を遮るかのごとく、辰之介は一方的に続けていく。

「でも、屈辱より惚れた気持ちの方が大きかった。だから、その日以来、俺は伊織に言い寄ってるんだよ。夕霧楼で一緒だったのも、俺が追っかけていったからだ」

「……それじゃ、なんで俺が初めて伊織と会った時、辰之介さんは夕霧楼を辞めてたの？　好きだったら、その人とずっと一緒にいたいって思うんじゃないのかな……」

同じく伊織に恋する新太郎には、辰之介の行動が分からない。けれど、彼はすぐに自分の心理が恋を実らせた人間の驕《おご》りだと思い知った。

「片思いの『好き』ってのは、限度が過ぎると一緒にはいられなくなるんだよ。拒まれても拒まれても伊織のことばかりを考える。まったく俺らしくねぇが、止めらんねぇ。そうして煮詰まった俺は、卑怯な手口を使いそうになったんだ」

初恋が成就した新太郎は片恋の辛さを知らない。知らないからこそ、彼は辰之介の告白に驚愕しながら真剣に耳を傾けていた。

「卑怯な手口……？」

「分かりやすいところを言えば、不意打ちをくらわせて監禁するとかだな。伊織は確かに俺よりも強い。強いが、一服盛れば不可能なことでもねぇ」

ぞくりと新太郎の全身が総毛立ったのは、その台詞に辰之介のすさんだ恋心を感じ取ったからだ。おそらく辰之介は本気で今の計画を考えたに違いない。

「幸い、実行に移す前に己の馬鹿さ加減に気づいて思い止まったけどな。で、伊織と離れた。離れて頭を冷やそうとした。――いや、今もその最中だ。こうして、たまに我慢しきれなくて顔を見にはくるけどな」

自嘲気味の台詞を吐き捨てつつ、辰之介は再び酒を喉の奥に流し込む。そんな荒い仕種は、今もなお燃え盛る想いを示すかのようだった。

「本当に……好きなんだ。だったら、伊織の恋人はどう思ってる?」

「あんた、そいつが誰か知ってんのか?」

「ううん、知らない。知らないけど、辰之介さんはどう思うのかなって……」

ある程度の答えを予測しながらも、新太郎は辛辣《しんらつ》な問い掛けを重ねていく。新太郎がいつになく残酷になれたのは、辰之介の激しい想いに対して、羨望《せんぼう》と嫉妬《しっと》と罪悪感とが複雑に絡み合ってしまったからだろう。

「――できることなら、どんな手を使ってでも伊織の恋人って場所から引きずり下ろしてやりてぇな。ただ、その本人に会ってみないと、実際自分がどういう態度を取るか分からねぇ。もし伊織が真剣で、その相手ってのも本気なら……多分俺は認めちまうんだろうな」

それきり黙り込んだ辰之介に告げるべき言葉が見つからない。

(駄目だ。俺が何を言っても、辰之介さんには失礼になる)

辰之介は知り得ないけれども、新太郎は彼と両極の位置に立つ恋の勝者だ。そんな人間が口にする台詞には、どうしても増長や同情が混ざってしまうような気がしてならない。

けれど同時に、自分が伊織の恋人だと白状したならば、辰之介は一体どうするのだろうかという衝動も湧き上がるのだ。

（――やだな、俺。今以上に幸せになりたがってる。伊織と両思いになったってだけで、十分幸せなのに……）

そうであるはずなのに。

友人でもあり恋敵でもある辰之介に認めてもらえるような恋であって欲しいと思う。親しい人々からは、祝福されない恋であるからこそ。

傲慢《ごうまん》すぎる願いを抱く自分が醜いとも感じる。しかし、恋に狂った貪欲な心は止められない。辰之介が思い詰めた末に考えついた計画のように、募りすぎた想いは確かに暗い感情をも生み出すのだ。

新太郎の喉元に告白がせりあがる。

「新太郎、あんたなんで泣いてんだ……？　ああ、そうか。思わず俺に同調しちまったのか。あんたも辛い恋を経験してんだな」

「――っ！」

己の醜悪さを嫌う気持ちは、いつしか新太郎の両目から溢れていたようだ。はっと自分を取り戻した新太郎は、力任せに目を瞑《つむ》って己の身勝手な振る舞いを押さえ込んだ。

（何やってんだ、俺……っ）

自身の良心がもたらした涙と辰之介の優しい言葉が、新太郎をいつもの健やかな自分へと立ち返らせる。

「……辰之介さんほどじゃないよ」

照れ隠しを装って着物の袖で涙を拭った新太郎は、嘘偽りのない本心を辰之介へと伝えていた。

「……俺、今好きな人がいなかったら、多分辰之介さんを好きになってたんじゃないかな」

「遊び人冥利《みょうり》に尽きる告白だな。俺も伊織に惚れてなきゃ、あんたには結構のめり込んだと思うぜ」

「辰之介さん……」

心が一転して澄み渡っていく。

先刻のように、未熟な己はまた暗い情念染みた感情に捕らわれることもあるだろう。けれど、できる限り真っ直ぐな自分でいようと思う。

自身の好きな人たちが、望む自分でありたいと願う。

そうでなければ、この温かな想いに応える術はないからだ。新太郎は彼らに支えられつつ成長して生きている自分を実感していた。

（なんだか今夜は伊織に「好き」って言葉を、もっと言いたいな……）

それは少し切なくて、幸せな夜の出来事だった。

2

「それじゃ、行ってくんぜ」

「気をつけて行ってらっしゃい」

辰之介が前の雇い主の元へ給金を取りに出掛けたのは、それから一週間後のことだ。彼は遠方へと足を運ぶついでに、顔が割れていない花街で遊んでくるとも付け加えた。昨夜の夕食時に「三日は帰ってこねぇからよ」とにっこり笑って告げた辰之介に対して、二人は顔を見合わせるしかなかったのである。

「さて、掃除でもしよっかな」

辰之介を見送った後、新太郎は足音を忍ばせて二階へ上がろうとした。昨夜は遅くまで仕事に取りかかっていた書斎では、伊織がまだ眠っているはずだからだ。

「辰之介は出掛けたのかい？」

けれど、新太郎の予想に反して、彼の部屋の前を通り掛かった途端、聞き慣れた声が届いたのである。

「伊織、起きたのか？　だったら、ご飯の支度を……」

そう言って、新太郎は伊織の書斎の障子をそっと開け放つ。

――瞬間、彼は絶句してしまった。

新太郎が覗いた先では、半身を起こした伊織が妖艶な笑みを浮かべていたからだ。乱れた髪と夜着、そして妖しい微笑が相まって、伊織の美貌から壮絶な色香が立ちのぼる。

「こっちへおいで、新さん」

濃密な夜の気配を纏う彼に手招きされては拒めない。吸い寄せられるようにして足を進めた新太郎は、気づけば伊織の横へと座っていた。

そっと伸ばされた指先が、微かに震える喉の線をつつっと這い上る。その速度に合わせて、新太郎は少しだけ面を上向かせた。

爪が顎の尖った部分に辿り着く。同時に、新太郎は熱いキスで唇を塞がれていた。

「ん…っ、ふぅ……」

舌先が過敏な表面を辿って解放を唆《そそのか》す。息苦しさと柔らかで甘い感触に目眩《めまい》を覚えた新太郎は、素直に彼の要請に従ってしまう。

「あ…っ、んんッ」

粘膜が思うさま蹂躙される。あまりの激しさに逃げかけても、すぐに舌先は探り当てられた。肌を焼き焦がすかのような熱が身体の奥から込み上げる。新太郎はいつしか腕を伸ばして伊織の肩にしがみついていた。

「や……っ」

ふわっと身体が宙に浮く。力強い腕に抱えられた新太郎は、抗う間もなく伊織の脇へと強引に横たえさせられたのである。

「伊織……っ」

たまらず叫んだ新太郎には、抗議の台詞を先読みした伊織の笑みが返ってきた。

「――駄目だよ、新さん。今日は『明るいから』なんて言葉を聞き分ける余裕はないんだ」

「……っ」

掠《かす》れた響きが新太郎の背中に戦慄を走らせる。思わず顔を背けても、恥ずかしさからは逃れられない。逆に布団へとしみ込んだ二人分の悩ましい匂いによって、新太郎はより一層情欲を掻き立てられただけだった。

「……するよ、新さん」

「……うん……」

抗えない。いや、もとより抗うつもりなどさらさらなかった。

相手の肉に餓《かつ》えていたのは、どちらも一緒だ。第三者の存在が家の中から消えた今、求める気持ちはもう抑えきれなかった。

新太郎は伊織の襟足に指先を這わせて、自ら唇を触れ合わせる。拙《つたな》い誘惑には伊織も嬉しそうに応えてくれた。

激しく舌先で鬩ぎ合う。その間も伊織の手は器用に動いて、邪魔な衣服を剥ぎ取っていくのだ。すべては羞恥を感じている暇すらない早業であった。

たちまち一糸纏わぬ姿にされた新太郎の上に、伊織の逞しい身体が折り重なってくる。剥き出しの肌によって互いの体温を伝え合う感触は、新太郎を途方もなく幸せな気分に誘《いざな》った。

「新さん……」

秘めやかな声音と共に唇を啄《ついば》まれる。何度も触れては離れる仕種を繰り返した後、口づけは過敏な耳元へと流れ、柔らかい箇所を狙って幾つもの情痕を刻み始めた。伊織は滑らかな肌に、花びらの痕を残す手間を決して惜しまない。

外部からは発見しにくく、かつ新太郎が甘く泣く部分を的確に捕らえては、肌の表面をきつく吸い上げるのだ。

首筋を撫で下りた唇は、やがて鎖骨から肩先を這うようになる。長い毛先はその数えきれないキスの後を追いかけた。

「ふ……、伊織…っ」

新太郎が背中を僅かに浮き上がらせたのは、口づけと同時に大きな掌で脇腹から腿にかけてのラインをなぞられたからだ。ぞくぞくと肌が粟立つような接触の仕方は、新太郎の悦楽を揺り起こすかのようだった。

そして、両の指先が新太郎の胸郭に辿り着く。だが、伊織はなだらかな感触を楽しみたいのか、薄い胸板全体を淡く撫で摩るだけなのだ。己を主張し始めた中心を、わざと外しているとしか考えられない。焦れた新太郎は胸を浮かせて、自然な仕種で普段どおりの愛撫をねだっていた。

「伊織、真ん中もちゃんと……」

淫らな切望を晒す恋人をいたぶるつもりはないらしい。伊織はすぐに新太郎の望みを叶えてくれた。

「ぁっ、あ」

指の腹で押し潰されると、胸の飾りはぷっつりと硬くそそり立つ。顕著な反応には伊織も満足したようだ。彼は完全に尖りきった花芽を、今度は指先で摘んで左右同時に揉み込んでくれたのである。待ち望んだ刺激を得た新太郎は、肩をあえかに捩らせて浅く息を繋ぐしか術がない。

「やぁ……っ、あ」

艶めかしい喘ぎによる肌の震えをも味わいたいのだろう。不意に伊織は喉元の窪みに唇を添え、新太郎の嬌声を望んでみせた。

「新さん、もっと声を……」

喉に零れる吐息がとても熱い。湿ったその感触にも煽られて、新太郎は一際《ひときわ》高い響きを音にする。

「んあ、あっ、……伊織ッ！」

「いい子だね、新さんは」

恋人の願いを聞き入れた新太郎には、ご褒美代わりの技が重ねられた。二つの粒が捻りを加えて潰される。強弱をつけて転がされた時には背筋が跳ねた。

新太郎は全身を仄かな桜色に染めて深い快楽に酔い痴れる。けれど、甘い陶酔の最中《さなか》、伊織は突然胸元への戯れを中断してしまったのである。恋人の意図が分からない新太郎は、震える睫毛を持ち上げて整いすぎた面を仰ぎ見た。

「あ……っ」

抗議の言葉はおろか、恋人の名前さえ綴れない。

笑う。

誰よりも艶やかに、伊織は微笑んでみせたからだ。そして、綺麗な形の唇で、彼は官能的な睦言を囁きかけてくる。

「……ここは弄るだけでいいのかい、新さん？　こうして押し潰すだけで……？」

何もかもを見透かして言い募る声音は、毒を溶いたかのように甘い。実際、彼の紡ぐ響きは猛毒だった。それに思考を侵された新太郎は、与えられる指示や疑問に対してどこまでも素直に応えてしまうのだから。

こくっと細い喉が上下する。しかし、逡巡《しゅんじゅん》を振り切って、新太郎は頬を火照らせながらも己の真実を伊織に伝えていた。

「舐めて……っ。…れから、歯で……咬んで…欲し……っ」

「そうだね。新さんはそうされるのが一番好きだからね」

「……っ」

恥ずかしくて堪らない。だが、新太郎の切望が行動に移されると、精神を苛む羞恥などには構ってもいられなくなった。

「やあっ、ああっ」

左は二本の指先で弄ばれたまま、まずは右側の飾りをねっとりと舐め上げられる。そして、湿らされた表面が乾く間もなく、紅色の突起は口腔内に含まれて、きゅっときつく歯を立てられたのだ。

「ふあッ！」

硬い感触が小さな痛みを発生させる。だが、それは即座に身体の中心を貫いていく鋭い喜悦と入れ替わった。左右を交互に咬み散らされた挙げ句、強く吸い上げられてはひとたまりもない。新太郎はかぶりを振って身悶えてしまう。

下肢が熱い。情交に慣れた肉体が、胸の刺激を忠実に快楽へと変換して下半身に伝達させたからだろう。おそらく、張り詰めた先端からは、淫猥な雫が幾筋も滴っているはずだった。

「かなりきてるね。もうとろとろになってる……」

「や……っ」

正しい指摘を受けた新太郎自身がひくりと切なげな震えを放つ。蓄積された熱を解放してくれるつもりなのだろうか。伊織の右手が先走りの雫に塗《まみ》れた昂《たかぶ》りへと伸ばされる。

けれど、予想に反して、優雅な指先は根元に流れた体液を掬《すく》っただけで、新太郎には一切触れなかったのだ。伊織の気配を追っていた新太郎は、恋人の思惑に気づいて息を飲んだ。

「ひあ…あっ」

滑《ぬめ》りを拾った指の腹が、綻びかけている花に触れる。縁をなぞられただけでびくびくと内腿を引きつらせた新太郎は、指が潜り込んでくる感触を拒みきれなかった。

「んぁ、伊織……っ」

「新さん、もっと泣いてごらん」

浅い位置でくっと指先が折り曲げられる。刺激に飢えていた襞は、さらに巧みな技巧を奥に迎え入れようと淫らな蠢動《しゅんどう》を繰り返していた。

焦燥ばかりが先走る。それでもこの時の新太郎には、まだ理性も余裕も少なからず残っていたのだ。

だが、次の瞬間、精神的な支えはすべて弾け飛んでしまった。

「ぁっ、両方はやだっ！」

新太郎が短く叫んだのは、胸元に舞い戻った伊織の唇が、再び濃《こま》やかな愛撫を花芽に施《ほどこ》し始めたからだ。紅く染まった飾りを歯先で潰した際に、新太郎は今夜一番淫らな反応を返したのだろう。伊織は甘い口づけを織りまぜて、胸元を巧みに翻弄する。

「伊織っ……、そんな…されたら、…すぐ……っ」

「だったら、こっちだけにしようかね」

「えっ…!?」

新太郎が目を見開いた時には、しどけなく広げられた両足の間に伊織の頭部が沈んでいた。脇に寄せられていた布団が腰の下にあてがわれたのは、効率よく下半身を浮かせるためだろう。

睫毛をふるっと戦《おのの》かせた新太郎には、次にどんな快楽がもたらされるのか分かってしまった。

だからこそ、あまりはしたない声が零れないように、彼は右手の甲で唇を塞いだのだ。

「……ふ…あ、…あっ」

開きかけた入り口を、濡れた感触が辿っていく。滑りを広げるように花びらを一枚一枚慈《いつく》しんだ後、尖らせた舌先は内部へと狙いを定めたようだ。

「やぁ……っ」

熱い粘膜が熟れる寸前の媚肉を舐め啜る。卑猥すぎる刺激に対して、新太郎は緩慢にかぶりを振り続けるだけだ。だが、強烈な愛撫であるが故に、快楽は大きいのかもしれない。舌が内側へと侵入して潤いを分け与える度に、新太郎の体温は一度ずつ上昇していったのだから。

「も……だめ…だ。達く…、達っちゃ……ッ!」

「あの夜の約束を果してくれるつもりなのかい?」

「――っ」

愉悦の淵でのたうち回る新太郎の脳裏へと、伊織が発した過去の言葉が鮮やかに蘇《よみがえ》る。

『こっちを新さんが泣くまで舐めてあげるから、それだけで達ってみせてくれるかい?』

つい先日、恋人はそんな願いを示したはずだった。

自分の嬌態を思い描いただけで、ぞくりと全身の肌が総毛立つ。消え入りたいほどの羞恥はある。けれど、伊織の望みを叶えたいという欲望は他の何にも勝《まさ》ったのだ。

「う…ん。だから、…っと…、お…くまで……っ」

いじらしくも淫らな言葉を口にした新太郎を、恋人はもう焦らさなかった。切迫した肉体に果てを与えるべく、伊織はほどよく濡れた聖地に一際強く舌を捩じ込んだ。

瞬間。

「ふあっ、あっ、あぁぁ――――っ！」

新太郎は爪先にまで緊張を走らせて、頂点へと駆け上ったのである。

勢いよく迸る熱情が、波打つ肌を飾りたてる。その様は、この上なく艶やかで淫靡だった。

「あふ……っ、ぁあ……」

目の眩むような到達感に、荒い呼吸も四肢の痙攣も収まらない。そんな新太郎の頬へと一度優しい口づけを与えてから、伊織は汗と白濁が散る足を抱え上げたのである。

続けて愛されるのだと理解した時には、咲き綻んだ花びらに硬い先端があてがわれていた。

「んあ、い…おり……っ」

強靱な存在が音を立てて体内に沈んでいく。十分に慣らされた窪みは、侵略を拒みもしない。ただ諾々と、強引かつ丁寧な蹂躪を受け入れるだけだった。

「うぁ……っ」

深く突き入れられると同時に、身体の奥が凄まじい熱量で満たされる。長大な塊はすべて収まったようだ。粘膜越しに伊織の激しい脈動が伝わってきた。

「んっ、伊織…の、熱……いっ」

新太郎はくっと息を詰めて、肉襞を引き締める。顕著で物欲しげな反応を示したのは、それが伊織を悦ばせることを知っていたにほかならない。

「新さんもね……。中が熱くて気持ちいいよ」

「あぁ、あっ！」

膝を折り畳んで半身を起こした伊織が、自分の腿の上に深く繋がった下肢を引き寄せる。体内を貫く肉塊の位置が微妙に変わったために、新太郎は肩を撓ませて喘いでしまった。

「……この間、教えてあげたのを覚えてるかい？」

伊織が蕩けそうな声と共に、汗で額に張りついた前髪を梳き上げてくれる。その仕種が胸を締め付けるほど優しかったからこそ、新太郎はこくんと頷くことができたのかもしれない。学習した技を思い出してみせた新太郎に、次の行動を促す伊織の瞳は、途轍《とてつ》もなく妖艶だった。

「なら、それをしてごらん」

「ん……」

新太郎は唇をきゅっと噛み締めた後、おもむろに膝を立てた。それから熱を孕《はら》んだ下肢を僅かに浮かせると、伊織は新太郎に合わせて腰の高さを調整してくれたのである。

「やぁ……っ」

両足を踏張って下半身を支える体勢は、自然に内側を狭める動きを生み出すようだ。ただでさえ狭隘《きょうあい》な筒は、脚の筋肉を使うことでさらにきつく窄まっていた。

伊織の造形を密着しすぎた粘膜でまざまざと感じ取る。己の体内の過敏さが、少しだけ恨めしい。伊織の強大さも先端の張り具合も、ひくつく襞を濡らす雫の感触さえ、新太郎ははっきりと知覚できてしまうのだから。

収められた昂りによって、花が肉の悦楽を訴え始める。それに引きずられた形で、いつしか新太郎は腰を軽く左右に揺すっていた。

「あふ、んあ、あっ」

信じがたいほどの愉悦が、穿《うが》たれた聖地から沸き起こる。けれど、新太郎は知っている。自身が今以上の悦びを紡《つむ》ぎだせることを。

「あぁ……んっ！」

浮かせた腰を一度旋回させただけで痺れるような快楽を味わった新太郎は、続け様に淫らな螺旋《らせん》を描いてみせた。

「……そう、回すんだったね。それで足りなくなったら、八の字を書くように動かすんだよ」

満足気に恋人の痴態を眺める伊織は、おさらいをするかのごとく新太郎へと言い聞かせる。もちろん新太郎は夜の教師である伊織の指示にすぐさま従った。

「あっ、やあ……、いお…っ！　……なか、おかし……っ」

「おかしいんじゃなくて、そうするといろんなところに当たっていいんだろう？　新さんの中が、いつもよりきつく絡みついてくる」

「ああっ」

新太郎が一際濡れた嬌声を放ったのは、伊織が突然爛《ただ》れきった肉襞を攪拌したからだ。おそらく、最愛の恋人のあられもない姿に煽られてしまったのだろう。伊織は強く掻き回す動作で、悦楽を追う新太郎のリズムを強引に乱してしまう。けれど、鋭さを伴った愛撫こそが熱を蓄えつつあった新太郎自身に決定打を与えたのだ。

「あっ、いい……ッ」

背筋を捩らせて身悶えると同時に、びくんと跳ねるようにして新太郎が完全なる復活を果たす。淫らな反応には恥ずかしさばかりが押し寄せたが、今は伊織と作り出す快楽を何よりも大切にしたかった。

「あ、も……伊織、擦って……っ」

身体が燃えるように熱い。極みを迎えたい新太郎は、震える両腕を伸ばして伊織を呼び寄せていた。

「……新さん、あんたはどんどんあたし好みになってくるね。本当に、今までの経験なんて役に立ちゃしない。こうして身体を重ねる度に、あたしはあんたに魅せられるだけだよ……」

それこそ自分の台詞だと言い掛けた新太郎の抗弁《こうべん》は、永遠に音になる機会を失った。伊織が新太郎と己の飢えを満たすべく、奥まで埋め込んだ刃《やいば》を思い切り引き抜いたからだ。

「あぁっ！」

甲高い悲鳴が溢れ落ちる。いや、肉と肉が擦れ合う生々しい悦びを感じては、悲鳴しか零れなかったと言った方が正しいのだろう。

かくんと落ちた腰が、改めて抱え直される。荒々しくも情熱的な侵略はそこから始まった。

「やぁっ、……気持ち…い…いっ……！」

聖地の奥まった場所に存在する快楽の在処《ありか》を、硬い先端が掻き乱す。気がつけば、新太郎は自ら腰を振りたてて貪欲に愉悦を貪っていた。

「新さん、……もっと乱れてごらん……」

躊躇うことはないのだと、淫靡な響きが唆す。白く濁っていく意識の中、その言葉を正確に聞き分けた新太郎は、伊織の肩にしがみついて殊更狂おしい願いを口にした。

「伊織……っ、…そこ、…きつく……して欲し……っ」

「ここかい？」

「んあ、あぁっ！」

新太郎が脆《もろ》くなってしまう部分を、熱の塊が小刻みに抉る。肉の隘路《あいろ》を押し開く容赦のない攻めたては、新太郎をあっと言う間に追い詰めた。

「……も、…達く……っ、出ちゃっ！」

新太郎は荒く揺さぶられながら、伊織へと切れ切れに訴える。あらん限りの痴態を晒した恋人に愛しさは募るばかりなのだろう。伊織は陶酔の滲む表情で新太郎を包み込んでくれた。

「いいよ、達ってごらん……」

許可を得ては抗えない。新太郎は膝から下の部分を伊織の逞しい腰に巻き付かせて、悦楽にざわめく媚肉をぎゅっと強く絞り込んだ。

その狭めた内部を、硬い切っ先が強引に掻き分けていく。

「んぁ、あっ、あああ――っ！」

同時に新太郎は濡れそぼった叫びを放って、悦びの雫を盛大に撒き散らしていた。

汚す。白濁の淫らな体液が、新太郎の下腹部と伊織の肌を汚していく。新太郎は解放の安堵と淫猥な体液に塗れる羞恥に打ち震えた。

「……ふあ…っあ……」

ひくりひくりと痙攣を繰り返す肉体は、途方もなく扇情的なのだろう。伊織は双眸を撓めて新太郎が極める様を眺めていた。

「や……、伊織…っ」

だが、新太郎が最後の雫を零しきる前に、伊織はおもむろに抽挿を再開させたのだ。

絶頂の余韻に蠢く襞が、再び無慈悲に蹂躙される。極めた直後で過敏になりすぎている花弁は、あまりの刺激に悲鳴を上げた。

「だめ……っ、続けたら……」

呼吸の整わない新太郎の悲鳴には、啜り泣きのような響きが交じってしまう。けれど、淫蕩《いんとう》な反応を示し始めている新太郎の懇願は、伊織にまったく届かなかった。

新たな肉悦を予感しているのだろう。蕩けきった内側が今にも弾けそうな伊織へと絡み付いて離れない。

そう、達している最中に媚肉を擦られると、新太郎は立て続けに花で極めてしまうのだ。悦楽を制御できない交わり方は、新太郎を精神的にも肉体的にも苛むため、以前はお仕置きとして用いられた手法だ。けれど、伊織の色に染まりきることを望む肉体は進化する速度も早い。したがって、最近では普段から二段構えの情交が施されるようになっていた。

「あっ、伊織！　溶けちゃ……っ」

引きつる内部が悦びばかりを訴える。たちまち頂に導かれた新太郎は、身も世もなく乱れきった。

「も……きて…っ、伊織……一緒に…ッ」

下肢を波打たせた哀願には、強烈な律動で応えてくれる。そして、最大限まで成長した伊織が、新太郎の体内に一際深く捩じ込まれた。

「……っ！」

伊織が息を詰めた気配を新太郎は耳元で感じ取る。同時に、新太郎も大きく目を見開いて唇を震わせた。

「……ひぁ…ッ」

爛れきった筒の中に、溢れんばかりの熱情が流し込まれる。熱く滑る感触は、新太郎を凄まじい勢いで到達点に押し上げた。

「あん……っ、あぁ、あああ——ッ」

背筋は限界まで反り返り、空に浮いた足は指先までぴんと張り詰める。二度目の絶頂は狂おしいほど長く続いた。

「いお……続けて…あっ、達く…っ、…や……、あぁっ」

いまだ迸《ほとばし》る飛沫が収斂《しゅうれん》する肉襞をばしばしと叩く。その度に、新太郎は腰を揺らめかせて濃密な法悦を味わっていた。

「……さっきから気をやりっぱなしだね、新さん。中の締めつけが凄くて、食いちぎられそうだよ……」

「……って、伊織が……いっぱい……出しながら動くからっ、おわら…なっ！」

新太郎は際限のない愉悦に咽び泣きながらも、恋人と悦びを分かち合おうと懸命に身体をうねらせる。そんな健気な態度が愛おしくて堪らないのだろう。伊織は跳ねる下肢を押さえ付けると、硬度を保つ刃をずるりと中程まで抜き出して再び聖地へと突き入れた。

「んあ……気持ち…いい…っ！」

「これが最後だよ……」

奥で塊がぶるっと震えを放った途端、引き絞った体内へと少量の蜜が注がれた。それは新太郎の弱点である箇所を直撃して、何度目かの頂上に誘ったのである。

「うあ、あっ、あ――っ」

がくんと弓なりにのけ反った喉が蕩けきった嬌声を放つ。長く尾を引く響きは、今夜一番艶めかしかった。

「……ふあ……、あ……っあ」

新太郎は目を閉じて浮遊感を堪能する。

紅く熟れた唇は荒い吐息を零すだけで、言葉など何も綴れなかった。目も霞む。絶頂の痺れが伝達した四肢の感覚も完全には戻ってこない。

もう十分だ。肉体の飢えはこれ以上ないほど満たされた。

けれど、滑りを媚肉に塗り込めていた伊織自身が名残惜しげに引き抜かれるやいなや、新太郎は全身を震わせて、伊織の首にしがみついてしまったのである。

「やぁ……っ」

「――何が嫌なんだい？」

問う声音はあくまでも優しい。だが、伊織の質問は新太郎に驚くべき真実を悟らせた。

（……嘘……。こんなに続けてしてるのに、……抜いて欲しくない……なんて）

（俺の身体、まだ達きたがってる……んだ）

かぁっと一気に肌が火照る。浅ましい自分の肉体に絶句した新太郎は、緩慢にかぶりを振ることしかできなかった。

「新さんが言いたかったのは、多分『まだ抜かないで』だろう……？」

「や……」

陶然とした響きが尚一層羞恥を煽る。しかし、新太郎が瞳を潤ませても、恋人は決して手加減をしてはくれないのだ。

「なかが疼いて仕方ないんだね……。あたし好みの色に染まったとはいえ、本当に淫らな身体になっちまったねぇ」

「……っ、ぁ」

物足りないという自分の欲望を見透かされてしまった新太郎の眦《まなじり》から、とうとう涙が溢れ落ちた。透明な雫は新太郎の健やかな肌を流れ、横顔を埋めた敷布へとしみ込んでいく。

「言い当てられたくらいで、もう泣いちまったのかい？　今からもっと恥ずかしいことをするのに……」

「……ひ…っ」

揶揄まじりの睦言の意味を理解した新太郎は、濡れた睫毛をふるっと震わせながら短く息を飲んでしまう。

けれど、抗えない。脱力しきった身体では、足掻《あが》くこともできなかった。

どちらにしろ拒めない。悦楽に酔いたがっているのは新太郎の方だからだ。

「……っ、伊織。何を……っ」

「怖がらなくてもいいよ。酷くはしないから」

確かに、今まで一度として伊織は新太郎に肉体的な苦痛を与えたことはない。ただ、自身の並外れた手管でもって、精神を限界まで苛むだけなのだ。

優しい声音で新太郎を宥《なだ》める伊織は身体の向きを調整しつつ、細くしなやかな肉体を膝の上に抱えあげた。

「あたしはどうしてもこれがあるうちに、新さんには見ておいて欲しかったんだよ」

「やだ……っ、伊織っ」

布団の敷かれた壁際に信じがたいものを発見した新太郎は、力の入らない四肢を懸命に動員して抵抗する。

この場所に、これがあることは知っていた。けれど、こんな使い方をされるとは思ってもみなかったのだ。

「見てごらん。こいつがあたしを虜《とりこ》にした身体だよ」

新太郎の背後にいるはずなのに、正面から伊織の笑みが返ってくる。

映っている。何もかもが。

そう、汗を滴らせた新太郎の姿さえも、寸分違わず大きな鏡にすべて映し出されていた。

「いや…だっ」

衝立《ついたて》の枠組みに組み込まれた鏡は、この家の大家の所有物だ。つい先日、知り合いから譲り受けたものの、置き場所に困っていたところを伊織が預かってきたのである。

「いやらしい肌の色だろう。全部が桜色だ。この色に染まった時、新さんは一番感じやすくなってるんだよ」

紅潮した己の皮膚の色合いが、もう新太郎の脳裏から消え去ることはないだろう。それほどまでに鮮烈な光景だった。

「ああ、さっきあたしがたくさん弄った胸と後ろは、少し赤味が増してるね」

「やぁ、伊織っ」

「……ふふ。よかったのを思い出したのかい。前からも後ろからも溢れてきてるよ」

「……ひあ…っ」

直に触れられているわけではない。両の膝裏に手を入れて、新太郎の身体を左右に広げる体勢を強要していては、流石の伊織も直接の愛撫を仕掛けることなど不可能なのだ。

けれど、新太郎はいともたやすく追い詰められてしまう。ただ単に、淫猥な指摘を浴《あ》びせかけられるだけで。

「――そろそろ頃合いだね」

愛おしげに項《うなじ》を食《は》む唇が不穏な言葉を告げる。

はっと気がついた時には、新太郎は腰を軽く持ち上げられ、伊織を受け入れる準備を整えさせられていた。

大きく開いた足の間に、屹立《きつりつ》した伊織自身が存在する。それは濡れそぼった花に狙いを定めているようだ。

「や……、伊織、やだ……っ」

このまま愛されるのだと悟った新太郎は、新たな涙を零して訴える。けれど、拒む理由の大半が羞恥だと看破している伊織は、攻める手を決して緩めてはくれなかった。

「あ、ひ……っ」

猛りが音を立てて沈んでいく。その様は目の前の鏡の中にすべて克明に映し出された。恥ずかしくて堪らない。しかし、新太郎の意思に反して、肉体の方は悦びの雫をとめどもなく溢《あふ》れさせるのだ。

「やぁっ、音……止めてっ！」

つぷっと卑猥な音色が、広げられた花から放たれる。己の肉体が奏でる響きに、新太郎の神経は際限なく苛まれた。

「よく見えるだろう。飲み込みきれなかったのが、あたしを伝って滴り落ちてくるよ」

「あふ、あっ」

「またひくついてきたね。もっと奥に欲しいのかい？」

ずずっと殊更ゆっくりと、反り返った刃が新太郎の体内に埋没していく。その速度に添って、己の肉体が愉悦を得ていることを理解した瞬間、新太郎はもう一人の自分から目を逸らせなくなってしまった。

「ああっ、だ…めっ。入っちゃ……、全部入っちゃう……ッ」

「新さんはそれが好きなんだろう。その証拠に、あんたのここは素直にあたしを飲み込んでいくよ。ああ、半分じゃ足りないみたいだね。貪欲な肉体《カラダ》だ」

意地悪な現実を突きつけて、伊織はなお新太郎を煽り立てようとする。

悩ましい嬌声を零し続けながら、新太郎はいつにも増して凄まじい情交になす術なく酔い痴れた。焼けつくような羞恥を感じてはいる。しかし、伊織の淫らな手管に肉体は陶酔してしまうのだ。

淫猥な技の数々は、自分の理性を蝕《むしば》んでいく毒にも等しい。けれど、嫌だとは拒みきれない。伊織がもたらす毒は、この上なく甘いからだ。

「ほら、もうすぐお終《しま》いだ」

「やぁっ、ああ――――ッ」

がくんと身体が落ちた瞬間、強靱な存在はすべて内部に収まっていた。同時に、新太郎の張り詰めた先端からは、極めた証が勢いよく迸る。

「あっ、んんッ……、ん」

のけ反った後頭部を伊織の肩に凭《もた》せ掛けて、新太郎は艶やかに悶えきる。激しく頂点に駆け上った反動なのか、腰のうねりも簡単には収まらない。伊織は目を細めて、そんな嬌態を余すところなく最後まで見守っていた。

「……ふ…くぅ……っ」

ひとしきり淫らな痙攣を繰り返した後、新太郎は力なく首を垂れて荒い呼吸を整えようとする。しかし、身体を貫く昂りが激しい脈を刻んでいては、息はおろか鼓動も跳ね上がるばかりだった。

「……ぁ、伊織。から…だ、おかし……。まだ…熱い……よ……」

困惑する新太郎は、俯いたままゆるゆるとかぶりを振る。その彼の顎を捕まえてから、伊織は鏡を使って再び目を合わせてきたのである。

「ああ、あたしも熱くなりっぱなしだよ。どうにも収まらない。新さんが全部晒して、あたしを物凄く煽るから……」

「…ん……ッ」

「よく覚えておくといい。この顔が一番あたしをそそるんだってことを。あたしの箍《たが》が外れた時、新さんはいつもこの顔で誘ってるんだよ」

「――――ッ」

そう囁く伊織の凄絶なまでの美しさが、新太郎から言葉を奪ってしまう。欲望を湛えながらもより艶を増した美貌に、果たして伊織自身は気づいているのだろうか。

伊織は乱れきる新太郎の顔が最も自分を煽り立てると告白する。しかし、それは新太郎も同様だった。新太郎は今のように、余裕を失って自分に溺れる伊織の表情が一番好きなのだ。

「伊織……っ」

堪らず名前を綴った途端、ぞくりと新太郎の肌が粟立った。弾けたばかりの肉体が、瞬く間に燃え上がる。

鏡の中で互いの視線が絡み合う。艶めかしい瞳が放つ眼差しは、新太郎をがんじがらめに拘束した。

「んぁ……っ」

「さぁ、今度は新さんの腰がどんなにいやらしく動くかを見せてあげるよ。もう一度、あたしの腕の中で気をやっておくれ」

「ああっ、伊織……っ」

新太郎は緩く突き上げるリズムを追いかける形で、自ら妄《みだ》りがましく腰を揺らめかせていた。

「……んっ、あ！　伊織、今度は……また、中に……ッ」

「ああ、全部注いであげるよ……」

もう理性は必要ないだろう。後は二人揃って、底知れぬ悦楽に狂い落ちていくだけである——

——。

貪るように求め合った後、伊織は疲れ切った新太郎を腕の中に包み込みながら囁きを滑り込ませてきた。

「新さん、今日もいけずを重ねたけど、やっぱりこんなあたしは嫌いかい？」

「……っ」

横たわって睡魔に身を委ねようとしていた新太郎の目が、はっと伊織を仰ぎ見てしまう。さすがに今夜はやりすぎたと反省しているのだろうか。自分を映す伊織の虹彩は心なしか悲しそうだった。

数カ月ほど前、新太郎はあまりにも焦らされたがために、ついつい「伊織なんか嫌いだ」と口走ってしまった前科があるのだ。

もちろん本気ではない。以前、伊織にも告白したけれど、彼が自分へともたらす行為で本当に嫌だと思うことは何一つないのである。自分を嫌悪する時はあっても、伊織のことはいつでも好きでしかなかった。

だが、己の放つ単語の威力を深く考えもせず、新太郎は彼に「嫌いだ」と告げてしまった。今まで積み重ねてきた想いを覆すようなその一言は、恋人にどれほどの衝撃を与えたのだろう。伊織は新太郎を失うかもしれない可能性に、今も脅え続けているようだった。

「嫌い…じゃない……。伊織は好き……。どんな伊織も大好き……っ」

だから、新太郎は枯れた喉も顧みず、必死に恋人の不安を払拭《ふっしょく》するのだ。それは安易に伊織を傷つけてしまった新太郎が、唯一施せる贖《あがな》いであった。

「――こんな確認をするくらいなら、あたしも加減すればいいいんだよね。分かっているのに止められない……」

「……ん。でも、それも俺の……せいなんだろ？　だから、いいよ」

すべてを許してストレートな告白を繰り返す新太郎が愛おしくてならないのだろう。新太郎の乱れた前髪を梳き上げる伊織の仕種は、この上なく柔らかかった。

「狡い男でごめんよ」

「ううん」

ほっとした表情で綴る伊織の身体に腕を回して、新太郎はなおも言い募る。

「…俺、伊織のそういうとこも……好きだから」

「新さん……」

ぎゅっと抱き締められる感触が、限りない幸福感をも生み出すかのようだ。新太郎は全身に染み渡る感覚を、うっとりと目を閉じて味わっていた。

幸せな一時が過ぎていく。

だが、二人は知らないのだ。恋人同士の濃密な時間の一部が、隣の部屋から観察されていたことを。

二人は気づかなかったのだ。息すら潜めて秘め事を見つめていた鋭い眼差しに。

今、恋人たちはしばしの眠りにつこうとしている。その姿を覗く視線は、もう存在しない——

——。

第三章　あなたのために

1

「大丈夫……かな?」

　さんざん泣いた後だけに、目元の腫れが残らないか気になっていたのだが、どうやらその心配は杞憂《きゆう》に終わったようだ。ただ唇がいつもより赤味が増しているだけで、それも微妙な変化にしか過ぎない。自分の顔を例の鏡で確認した新太郎は、ほっと胸を撫で下ろす。

「学校から帰ってきて、すぐにされるとは思ってなかったからな……」

　新太郎が重い身体を引きずって自宅に辿り着いたのは、夕日が西の空に沈んでいく頃だった。疲労が残る肉体は、何につけても反応が鈍くなる。そこにつけこんで、伊織は書斎に呼び入れた新太郎を力任せに抱き竦めたのだ。

　逃れられなかったのは、伊織の手が優しかったからだろう。出掛ける間際だった恋人は、時間が押していると言いつつも、口づけと掌だけで新太郎を丁寧に翻弄してくれた。

　簡単に熱くなっていく肉体が恥ずかしくて堪らない。けれど、新太郎は最後まで伊織を拒むことなく、息を乱して上り詰めたのである。そんな新太郎が余程手離しがたかったのか、伊織は骨が砕けそうな抱擁で己の心理を雄弁に語ってみせた。隙さえあれば新太郎をどこまでも慈しむ恋人が、ようやく出先に向かったのはつい先程のことだ。

「……あんなに毎日してるのに、俺の身体壊れちゃってるみたいだ」

己の痴態を思い返すだけでも、新太郎はいたたまれなくなってしまう。

この三日間、彼は本当に愛され尽くした。自身の肉体で伊織の手が触れていない場所などどこにもないだろう。

新太郎は毎晩声が枯れるまで泣き、昂りから熱情が一滴も溢れなくなるまで責めたてられた。そして、精が尽きた後も淫らな花でなお悦楽を享受《きょうじゅ》し、狂おしく長い夜を過ごしたのだ。

不意に伊織の綺麗すぎる面が脳裏を過る。それだけで、新太郎の身体の奥底は簡単に熱を帯びていく。ずっと逞しい塊を咥《くわ》え込んでいた内側は、今も濡れているような気さえした。

「だめだって、こんなんじゃ。もうすぐ辰之介さんも戻ってくるのに」

ぽっと頬を紅潮させた新太郎はふるふるとかぶりを振って、淫靡《いんび》な妄想を押さえ込んだ。そそくさと立ち上がったのは、夜の記憶を思い起こさせる伊織の書斎が自身を追い込んでいることに気づいたからだ。

「伊織が留守だから、そういうことにはならないって安心しちゃ駄目なんだな。今更だけど、伊織って……凄い……」

その場にいなくとも自身に影響を及ぼす男が、少しだけ憎らしい。しかし、そんな伊織にこそ心底惚れ込んでいる新太郎には悪態すら思いつかなかった。

ふう、と幸せ半分疲労半分のため息をつきながら、新太郎は後ろ手で障子をきちんと閉める。同時に、廊下から姿を見せた男が新太郎に声を掛けたのだ。

「ただいま、新太郎」

「あ、おかえりなさい、辰之介さん」

「伊織はどこかに出掛けたのかい？」

玄関に伊織の履物がないことに気づいたのだろう。辰之介は久しぶりの笑顔を惜しみなく晒して、新太郎へと問い掛けてくる。

「うん、伊織は人と会う約束があるからって、ついさっき出掛けていったんだ」

「なら、新太郎は今一人ってことか。そいつは都合がいいやな」

「都合がいい？　それはどういう意味なのかな」

置き忘れた鞄を取りに居間へと入った新太郎の後を追うように、辰之介の低い呟きが室内に零れ落ちる。思いのほか近くで聞こえた音と、その意味合いに対して訝《いぶか》しさを覚えた新太郎は、くるりと反転して背後を振り返った。

瞬間。

「こういうことさ」

辰之介は有無を言わさぬ力で新太郎を引き寄せ、そのまま乱暴に細い身体を畳の上に組み敷いたのである。

「辰之介さんっ！」

思いがけない行動に対して、新太郎は驚きばかりを覚えてしまう。だが、呆然としている場合ではないと悟った彼は、すぐに自分を取り戻すと必死の形相で辰之介の腕から逃れようと試みた。

「無駄な足掻きだな……」

けれど、辰之介は新太郎の抵抗を、ものの数秒で封じてしまったのだ。

抗う両腕は頭上で一纏めにして拘束される。二本の手首を押さえ込んでいるのは左手だけであるにもかかわらず、新太郎にはどうしてもそれが振りほどけない。おそらく狙った獲物を何度も似たような状況に追い詰めた経験があるのだろう。辰之介の行動には淀みも容赦も一切存在しなかった。

それでも身体を捩って抵抗を示す新太郎には、痛烈な一撃が浴びせられる。

「……伊織の相手はあんただったたんだな」

「――っ、何を……」

突然真実を指摘されては、咄嗟《とっさ》に取り繕うことも不可能だ。動揺は隠しきれなかったのだろう。ひくっと喉を震わせた反応に確信を得たのか、辰之介はさらに驚愕に満ちた台詞を新太郎へと突きつけてくる。

「誤魔化しても無駄だ。一昨日のあれを見ちまったんだよ。何が何でも伊織の相手を確かめたくて。わざと隙を作ってみたら、目を疑うような結果が待ってたって案配だ。まったく見事に騙してくれたもんだぜ」

「……っ」

今度こそ新太郎は絶句する。弁明の言葉も浮かばない。

一瞬にして強張ってしまった新太郎の頬をそっと指先でなぞりながら、辰之介は楽しげな口調で語り始めた。

「面白い話をしてやるよ。この間教えた俺と伊織の馴れ初めの続きだ」

ごくりと喉を上下させる新太郎の前で、辰之介はなお一層妖しい笑みを深くする。

「伊織が不感症気味の妾を仕込む仕事を引き受けていたってことは話したな。……今思えば、旦那が俺を妾宅に連れていったのは、最初からそれを目論《もくろ》んでたからだろう」

辰之介の言葉尻に自嘲が混ざるのは、過去の主の企《たくら》みに今更気づいたからにほかならない。歪む口の端《は》は、彼の少しばかり複雑な心境を物語っていた。

「俺たちは出会った夜に、雇い主から命令されたんだよ」

「……一体何を……」

「色男二人で同時に女を攻めたてろってね。好色漢らしい望みだよな。主人は女と俺たちとの共演を見たがったんだ」

「……っ」

「——凄まじかったぜ、あの夜は。泣き叫ぶ女の孔に二本同時に捩じ込んだし、別々の孔をそれぞれ突き上げもした。だから、伊織の形も感触も俺は知ってるんだ」

半身を折り曲げた辰之介の唇が、密やかな過去を次々と披露する。その度に、新太郎の耳元には熱のこもった吐息が溢れ返った。

「……たまんねぇよな。あんな凄ェのを突っ込まれちゃ。伊織を咥えてよがる女の顔も歪んでたよ。男を引きつける形にな……」

新太郎の脳裏にも女性の白い肢体が蘇る。

汗に濡れた肌へとまとわりつく長い指。それは記憶の底に封印したはずの光景だった。

「けど、俺を熱くしたのはその女じゃなかった。二人で一つの肉体を味わいながら、俺が何を考えてたか教えてやろうか」

「……っ」

その先は聞かなくても分かるような気がした。女性と肌を重ねた伊織に魅せられたのは、新太郎も同じだったからだ。

「『女なんかより、伊織を抱きてぇ』――そればっかりだ。本当に屈辱だった。この俺がいい女を前にして、男に欲情しちまったんだからな。だが、それも仕方ないだろう。あんたも知ってのとおり、最中の伊織はこの世のものとは思えないくらいに色っぽいしな。できることなら、伊織の孔に俺を馴染ませて、あいつを乱れさせてやりたかったぜ」

辰之介が伊織に惚れたのは、狂おしい褥《しとね》を共にした瞬間のことだったのだろう。道理で幾度振られても諦めきれないはずだ。

あれほど妖艶な伊織に出会ってしまえば、異性はおろか世界そのものすら霞んでしまう。遊び人を自称する辰之介ならば、尚更引くに引けない状態であっただろう。

「あの一晩で俺は伊織にいかれちまったんだよ。もうこんな鮮やかな出会いは、二度と経験できないだろうと思ってた……。だが、そいつは間違いだったな」

目を細めて過去の情景を思い描いていた辰之介が不意に現実へと立ち返る。照準を合わせた瞳は、新太郎をしっかりと捕らえていた。

「色っぽかったぜ、あんたも……」

「……っ!!」

「あの伊織にも負けちゃいなかった。上半身しか見えなかったが、いやらしい音に狂ってもいたな」

辰之介の手が衿の合わせ目からするりと忍び込む。次の瞬間、ぐっと手の甲で着物を押し上げられた新太郎は、情痕の残る胸元を露《あらわ》にさせられていた。乱暴とも言える仕種に、新太郎の喉が大きなわななきを放ってしまう。

「やっ！　やめてください、辰之介さんッ」

しかし、いくら全身を捻って足掻いても、自分より一回り以上立派な体躯に伸しかかられては、どうするべくもない。

新太郎にできることは、ただ一つ。必死の懇願を重ねることだけだった。

「いやだっ。おねが…っ、離してっ!!」

けれど、欲望に突き動かされる辰之介には、新太郎の声も届かない。掠れ気味の声音は、募る欲情を的確に訴えていた。

「綺麗な痕だな。こんなのが全身に散ってるかと思うとたまらなくなる」

剥き出しの鎖骨辺りに、辰之介の唇が触れる。恐怖と嫌悪感が沸き上がったのは同時だった。一瞬にして新太郎の肌が総毛立つ。

「ひっ」

きゅっと吸い上げられた瞬間、新太郎の恐慌は頂点に達した。

「やだっ、伊織ッ！　伊織……っ」

「伊織が出掛けたことは承知の上だろう。なのに、あいつに縋《すが》るのか？」

悲痛な叫びは辰之介の神経を逆撫でしたようだ。獣欲を湛えた面には、いつしか残酷な表情が刻まれていた。

「せいぜい足掻け、新太郎。そんなもの、全部押さえ込んでやるからよ。それから疲れ切ったおまえに、貞操なんて言葉が思いつかなくなるくらいの快楽を教えてやる……」

肉体を無理矢理汚される恐れが新太郎を支配する。ざっと音を立てて、全身の血が引いていった。

しかし、どんなに泣き叫んでも無駄なのだ。圧倒的な腕力の差は、新太郎を瞬く間に絶望の淵へと追いやった。

「伊織……っ」

もう伊織の名前だけしか綴れない。叫びにもならない呼びかけは、途切れることなく続いていく。

「諦めろよ……」

唆すような響きが耳の奥に吹き込まれる。それがもたらす悪寒に耐えきれず、新太郎はぎゅっと強く目を瞑った。

刹那《せつな》――。

「……ぐっ！」

新太郎の身体の上に、辰之介が倒れ込んできたのである。短く呻《うめ》いた彼は、すでに気を失っているようだ。

辰之介の胸板に視界を塞がれた新太郎には、咄嗟に何が起こったのか分からない。しかし、大きな体躯を引き剥がされると、すべての状況を把握することができたのだ。

「大丈夫かい、新さん？」

心配げな声音が新太郎の安堵を誘う。気がつけば、新太郎は自分を救ってくれた伊織の首根にしがみついていた。

「伊織……、伊織っ」

「危ないところだったね。あたしが忘れ物を取りに戻らなければ、本当にどうなってたか……」

助かったという実感が沸き上がるやいなや、新太郎の眦からはぼろぼろと大量の涙が溢れ落ちた。

「……ぇっ、く」

「もう安心していいから」

「……怖かった…よっ、伊織。ぜんぜ……逃げら…なかっ」

「あんたを襲った男は、あたしがこらしめたよ。だから、そんなに泣かないでおくれ」

嗚咽を抑えきれない新太郎の背中を、伊織は何度も撫でる仕種で宥めてくれる。そうされることで、恐慌をきたしていた精神は徐々に落ち着きを取り戻し始めた。

「……ちょっといいかい？　離れるよ」

「ん……」

新太郎の涙が止まる頃合いを見計らっていたのだろう。強張りの緩んだ身体を一旦引き離すと、伊織は書斎から自分の腰紐を持ち出して、傍らで昏倒《こんとう》している辰之介を手際よく縛り上げたのである。それは驚く新太郎が止める暇もない早業であった。

「伊織、そんな酷いこと……」

「酷いことをされたのは新さんの方だろう？　第一縛ったくらいじゃ、あたしの気はまったく収まらないよ」

冷ややかな語調には、新太郎すらも息を飲んでしまう。この時初めて新太郎は温厚な恋人が激昂していることを悟ったのである。

しかし、迸るような憤りは、次第に後悔へと姿を変えたようだ。伊織は再び新太郎を抱き寄せると、口惜しそうに今の心情を吐き出してみせた。

「……ごめんよ。あたしがこんな男を家に上げたばっかりに、怖い思いをさせたね」

「ちが……。俺も辰之介さんは、信用してたから……」

新太郎はそこで目を伏せて、自身もまた重苦しい胸の内を言葉にした。

「――油断もあったんだと思う。それに辰之介さんだけを責められないよ。だって、俺はこの人をずっと騙してたんだから……っ」

罪悪感に苛まれる伊織に対して、新太郎は己も同罪だと訴える。辰之介が力ずくの行為に打って出たのは、自分こそが伊織の恋人であるという真実を隠していたことが原因だと新太郎はしっかりと見極めていたのだ。

「そうだね。これは本気の辰之介をはぐらかしていた罰なのかもしれないね。でも、新さん。大人げないかもしれないけど、あたしは新さんを傷つけた辰が許せないんだよ」

「伊織……」

「だから、辰之介には少しお灸を据えようと思ってる」

仰ぎ見た視線に不安を察知してくれたのだろう。伊織は即座に新太郎の心に沸き上がった懸念を一掃してくれた。

「大丈夫。身体を傷つけるような真似はしないから。もう二度と新さんとあたしに手を出さないようにするだけだよ」

ふっと微笑んでみせた面には、やはり苦渋の影が落ちる。しかし、伊織はあくまでも力強く言い切るのだ。

「嘘を重ねていた辰之介には、まずこちらが謝るべきなんだろう。けど、今のあたしにはそんな余裕もないし、早く真実を教えてやりたいんだ。これはあたしの身勝手な我儘《わまま》だね。だから、新さんは何も気に病む必要はないんだよ」

「でも、お灸って一体何を……」

「ああ、それに関しては、できれば新さんの協力が欲しいんだけれど……」

すべてを告げることに躊躇いを覚えたようだ。そこで言い淀んだ伊織は、一旦言葉を区切ってしまう。

「俺は何をすればいいんだ?」

新太郎が自ら言い出さなければ、伊織はずっと口を噤《つぐ》んだままであったに違いない。

「いいのかい? 多分、あたしは新さんにとって辛いことを強要しちまうよ」

「……うん。そうすることで、もうこんなことが起きないのなら……、辰之介さんに事実が全部伝わるのなら、俺はなんでも言うことをきくよ」

健気な了承を示す新太郎には、とりわけ優しい口づけが与えられた。

「全部、本気じゃないからね。それだけは覚えていておくれ……」

伊織はまだ失神している辰之介を、手早く書斎と居間の境目に当たる柱に括りつける。その作業を終えると、彼は所在無さげに座り込む新太郎を柔らかく組み伏せた。

自分の役目について大方の予想はしていたものの、やはりそれが実行に移されることには途轍もない抵抗を覚えてしまう。押し倒された新太郎は身体を僅かに強張らせて、伊織の面を仰ぎ見た。

「……やっぱり、見せる…つもりなのか？」

「…嫌かい？」

本音を言えば、死ぬほど嫌だ。伊織以外に己の痴態など晒したくはない。

しかし、新太郎は恋人に従うと自分から申し出たのである。今更込み上げる逡巡を無理矢理切り捨てた新太郎は、小さく首を横に振って伊織の肩口にそっと腕を伸ばしていた。

「全部我慢する。するから、恥ずかしいのが分からなくなるくらいにして欲しい……」

「新さん……」

目元を桜色に染め上げて切望する新太郎をどう思ったのだろう。伊織からの口づけは、いつにも増して激しかった。

たちまち剥き出しにされた肌を、伊織の愛撫が滑っていく。胸の尖りはきつく押し潰され、花には十分な潤いが与えられた。そして、肉体が切ないほど高まった時点で、新太郎は膝の上に抱えあげられたのである。

熱くなった上半身を支えきれずに、新太郎は伊織の首根へと腕を回す。すでにすべての準備が整った今、もう後は恋人を受け入れる衝撃を耐えるだけだった。

「んあ……、あ…っ」

連日の激しい情交により慎みを失いかけている花は、熱心に伊織を体内へと取り込んでいく。肉を掻き分ける感触も、すぐさま鋭利な喜悦へと変換された。

「やぁ…あんッ！」

新太郎は下半身を波打たせて、熱塊を根元まで迎え入れた。あぐらをかいた伊織の上に座り込む体勢は、普段より貫かれる角度がかなりきつい。しかし、苦痛は微塵《みじん》も存在しなかった。新太郎の肉体は、あらゆる交わりに対して柔軟な反応を示すことができるのだ。

「……辛いのかい、新さん？　目が潤んで、今にも泣きそうだ」

「大丈夫……。ただ、この格好でいきなりするのは、二回目だなって……」

「それを思い出して恥ずかしかっただけ？」

「ん……」

こくりと頷いた新太郎の目尻を、優しいキスが辿っていく。

「あたしも忘れてないよ。一度目は前の離れでのことだったね。あの時、隣の部屋には信夫《しのぶ》たちがいた。そして今日は辰之介だ……。この体勢は人前っていうのに縁があるのかねぇ」

そんな縁は切って欲しいと心の中で願いながら、新太郎はさらに頬を染め上げる。

「そう、一度目の時は、確か新太郎さんが全部受け入れるまで保たなくて、酷く可愛かったんだ。その後も、中に出して欲しいって自分から言ってくれて……」

伊織の笑みに妖しさが増す。過去を振り返ることで、情欲が一層掻き立てられたのだろう。うっとりと囁く台詞には、新太郎を喘がせる響きがこもっていた。

「今日も中に浴びせてあげるよ、新さん。そして、あの時よりも、もっと淫らに溺れさせてあげるからね……」

「んぅ……っ」

後方に頭がくっとのけ反ると同時に、顎から首筋のラインを舌先でなぞられた。

「ひ…あ」

首根付近に残された情痕には、すでに何度も口づけが重ねられている。もう辰之介が吸い上げた痕跡など見る影もないだろう。しかし、それでも伊織は気が収まらないのか、同じ箇所に桜色の鬱血《うっけつ》を数えきれないほど刻み込んでいくのだ。

痛みさえ伴う感触は、伊織の独占欲の表れにほかならない。だからこそ、小さな苦痛を与え続けられる新太郎の肉体はあっという間に昂ってしまう。

「……あっ」

緩く揺すり上げられた新太郎は、あえかな悲鳴を零して伊織をきゅっと締めつけた。欲しがる動作は、さらに媚肉を切なくさせるかのようだ。

過敏な内側が、伊織自身の括れも脈動すらも感じ取る。その熱に煽られたのだろう。いつしか新太郎は、ゆっくり腰を旋回させて汲み取れる限りの愉悦を貪っていた。

「あふ、あ……、伊織……い…おりッ」

淫蕩に蠢く襞が、硬い刃で抉り回される。いくら窪み全体を窄めても、伊織は勝手気ままに振る舞うのだ。高揚していく精神を繋ぎ止めておきたくとも、肉悦を誘導されてはどうしようもない。新太郎は伊織が望むままに乱れていった。

「ぁっ、伊織。も……」

とろとろと雫を溢れさせる自身を伊織の腹筋に擦りつけて、新太郎は頂上を訴える。

「達きたいかい……？　でも、すまないね。今、新さんを達かせるわけにはいかないんだよ。もう少し辛抱しておくれ」

「……んっ。我慢する……。けど、こんな…の続けられたら、…おかしく……なっちゃ……っ」

「違うよ、新さん。あんたをおかしくさせたいから、いいことを続けてるんだよ……」

蕩けそうな笑みが宣戦布告だと悟ったのは、繋がったまま何度も頂点間際まで導かれた後だった。しかし、新太郎が限界を伝える度に媚肉への濃密な愛撫は止み、熱の解放はかわされたのである。

「またよくなってきたみたいだね。……腰を止めるよ」

「やぁ……っ」

緩く突き上げられていた行為を中断されて、新太郎は下肢を淫らにうねらせた。抗議代わりにひくつく襞で逞しい滾りを力の限りに締めつけてもいるのだが、その行為はかえって伊織に深い愉悦をもたらすだけだった。

「こんなに長い間、あたしを欲しがってる新さんを拝《おが》めるとは思ってもみなかったよ。凄く新鮮で……もっといじめたくなる……」

言いざま、新太郎は雫に塗れた自身の根元をぎゅっと掴まれた。それから伊織は深く腰を打ちつけてくる。

「あっ、あんッ！」

刺激に飢えていた内部が歓喜にのたうつ。肉襞も灼熱に絡みついて離れない。

しかし、いくら快楽を与えられても、昂りを戒められていては極みなど迎えられなかった。

確かに新太郎は、すべてを搾《しぼ》り取られた後も、後花のみで上り詰めることができる肉体の持ち主だ。けれど、花だけの絶頂が可能になるのは、少なくとも一度男性自身から熱情を吐き出したのちのことなのだ。

新太郎の淫蕩さを見込んで、伊織は幾度か指先で欲望を塞き止めたまま丁寧な抽挿を繰り返したことがある。だが、肉悦の極め方を知っている肉体でも、男の性情を無視される情交では、新太郎も焦れて悲鳴を上げるばかりだったのだ。あくまでも後ろのみでの到達は、立て続けの悦楽に追いつかない肉体の熱を昇華させる方法でしかなかった。

「やぁ、おねが……っ、指…外して…ッ」

果てに行き着けない苦しさに、新太郎は髪を振り乱して哀願する。けれど、伊織は宥めるような口づけで、新太郎の切望を捩じ伏せてしまうのだ。

「だめだよ。達かせられないって言っただろう?」

「分かって……けど…、苦し…っ」

「……そんなに辛いのかい? それならね、新しいことを経験させてあげるから、もうちょっとだけ我慢おし」

眉根の歪む苦悶の表情に絆《ほだ》されたのかもしれない。伊織は新太郎をきゅっと抱き竦めると、思いがけない行為に取って出たのである。

「……くっ」

「や……、嘘…っ、あぁッ」

短い呻きと共に、何の前触れもなく奥深い場所で伊織の熱が溢れ返った。楔がびくびくと震える様さえも肉襞越しに伝わってくる。

「あっ、んぁ……っ」

初めて体験する感覚に、新太郎は喘ぎながらかぶりを振り続けた。そう、自分が達する前に、伊織の迸りを浴びたのは、今夜が初めてのことだったのだ。

濡れる。蕩けた襞が、今度は滑りに侵される。

溢れるほど注ぎ込まれては、いまだ緩く媚肉を擦る伊織を捕まえきれない。

「はぁっ、あ！　すご……い…っ」

新太郎は夢中で腰を振り立てる。自身は戒められたままであったが、今は花で得られる肉悦をもっと享受したかったのだ。

卑猥な音色が結合部から響いてくる。それは伊織が自分よりも先に達したという事実の証明にほかならない。気が遠くなるほどの悦びを感じた新太郎は、息を乱す伊織に自ら口づけていた。

「ぁん、んん……っ」

舌先で誘いをかけると、伊織は積極的な新太郎にご褒美をあたえるかのごとく、即座に粘膜を

で器用に高まりきった雄を導き出してみせたのである。

「その顔に免じて、見せてあげるよ。あたしの宝物をね」

新太郎の頭上で、伊織がにっこりと綺麗に笑った気配がする。けれど、新太郎には確かめる術もない。伊織が宣言すると同時に、新太郎はくるりと身体を反転させられていたからだ。

「やだっ、伊織っ！」

抗ってももう遅い。足の上で落ち着く間もなく、新太郎は両の膝裏に手を入れられて、すかさず脛《すね》から下を持ち上げられてしまう。力強い腕は新太郎の抵抗をものともしなかった。

「どうだい……、綺麗だろう？」

「やぁっ」

「一度も達かせてない新さんは健気に震えてるし、花も咲き綻んでいる。ああ、後ろはいつもよりいやらしいかもしれない。あたしが二度も出したからねぇ。ほら、十分潤ってるだろう？」

ごくりと呼吸を飲んだ辰之介の目の前で、新太郎の花が暴かれる。戦く内股と双丘を伝ってぽたぽたと滴り落ちる雫は、畳に淫猥な模様を描き出していた。

「やだ……っ、伊織…も……ッ」

想像以上の羞恥に苛まれた新太郎は顔を背けて訴える。

どうしても、昨日鏡で確認したばかりの姿が、鮮やかな色彩を伴って新太郎の脳裏に蘇ってしまうのだ。あの淫らすぎる反応も悦びも、くまなく観察されていると思うだけで、新太郎の神経は焼き切れてしまいそうだった。

「新さん、だめだよ。今の顔こそ辰之介に見せてあげないと。あんたの身体の中で、一番そそるところなんだからね」

右足を解放した掌が、そのまま尖った顎に添えられる。強引に顔を上げさせられた瞬間、新太郎の目は辰之介の獣じみた双眸とかち合った。

「嫌だっ！　もう許して……っ」

震える唇から絶叫が迸る。だが、弾かれたように暴れる新太郎を、伊織は口づけ一つで押さえ込んでしまうのだ。首を捩じる体勢の苦しさと間断《かんだん》なく押し寄せる恥ずかしさが相まって、とうとう新太郎の眦からは大粒の涙が零れ落ちた。

「……ぇっ」

「だめなんだよ、新さん。あんたが誰のものか、まだ辰之介は分かってないみたいだからね」

伊織の残酷なまでに優しい指先が、新太郎の視線を下方に修正する。そこにあるのは、眼差し以上に野獣の匂いを放つ辰之介の――雄そのものだった。

「……あれで達くかい、新さん。丁度あたしのと同じくらいだ。多分、一度も気をやってないあんたを満たしてくれると思うよ」

「いや……。いやだ……ッ」

無情すぎる台詞を囁かれた新太郎は、もう全身を強張らせて泣くことしかできなかった。いくら唆されても、血は滾らない。ましてや身体を持ち上げられて、雄の息吹《いぶき》が感じ取れるほど双丘を接近させられては尚更だ。

肩の小刻みな震えが収まらない。濡れて開きかけていた花も、今は頑なに口を閉ざしていることだろう。

「や……、伊織」

「どうしてだい、新さん。ずっと辛かったんだろう……?」

「……っ」

恐怖に近い感覚によって、新太郎は言葉を失ってしまう。けれど、ただ首を横に振るだけの新太郎には、さらに容赦のない責め苦が与えられたのである。

「やだ…っ、答えるから……ッ、も…近づけないで……っ!」

少しずつ下降していく動作に歯止めをかけるように、新太郎は必死に恋人へと取り縋った。

身体の奥底から冷えていく。望まぬ情交を促す伊織の仕種は、快楽を蓄積していたはずの彼の肉体からいつしか熱を根こそぎ奪い取っていた。

「……いや、なん……だ……。伊織じゃなきゃ、俺……っ」

ぼろぼろと流れ伝う涙は、新太郎の胸にまで到達する。もうこれ以上の仕打ちには耐えられない。新太郎は己の臨界点を切ない雫で訴えた。

「伊織以外は……いや…だ……ッ!!」

非情な伊織へと自分の思いを伝えるには、もっと違う言葉が必要なのだろうか。新太郎は混乱しきった頭の中で、懸命に思考を巡らせる。

けれど、どれほど考えても、新太郎には一種類の説明しか思い浮かばないのだ。彼が辰之介を拒絶する原因は一つだけ——。

たった一人の恋人以外と肉体を繋ぎたくはない——それだけだった。

「伊織……っ」

長い沈黙がさらに新太郎を追い詰める。だが、新たな言葉を継ぎ足す前に、伊織は新太郎を解放してくれたのだ。

「それだけで十分だよ、新さん」

伊織は小さな囁きと共に、再び新太郎の身体を横抱きにする。髪に指先を埋めて頭を撫でてくれたのは、限界まで耐え抜いた新太郎を労るためだろう。

「……分かったかい、辰」

そして、新太郎の所有者が自分であるという事実を見せつけることに成功した伊織は、妖艶かつ辛辣な口調で辰之介に言い放ったのである。

「新さんの身体はあたしでないと駄目なんだよ。そして、あたしも新さんじゃなければ、もう反応しないんだ」

静かに告げた伊織はそのまま新太郎を抱え上げると、自分の書斎へと運び込んでくれた。もう辰之介の前で恥ずかしい姿を晒す必要はないと考えたのかもしれない。早速宝物を隠そうとする伊織の行動の基盤となるのは、独占欲以外の何物でもなかった。

素早く用意した布団の上に新太郎を横たえさせた後、伊織は居間へと戻って部屋を仕切る襖を閉ざしてしまう。新太郎が別室の様子を探る材料は、最早薄い隔たりを通して聞こえてくる伊織の声しか残されていなかった。

「辰之介、新さんこそがあたしの恋人だってことを隠してたのは悪かったと思ってる。けど、あたしはどんな小さな綻びも作りたくはなかったんだよ。たとえ、相手が友達の辰之介でもね」

世間様からは決して祝福されない恋だからこそ——という説明はなかったけれども、伊織の懊悩《おうのう》は正しく辰之介に伝わったようだった。

「……納得してくれたようだね。なら、縄を解いてあげるから、朝までに姿を消しとくれ。そして、これに懲りたのなら、もう二度と家に顔を出すんじゃないよ」

傲慢な台詞は思いやりと紙一重なのだろう。初恋を成就させている二人のどちらに懸想しても、辰之介が辛い思いをするのは分かりきっていた。それ故に、伊織は冷静な語調で友人を突き離したのだ。

そして、しばらくの間を置いて再び伊織が書斎に姿を現す。居間からは、もうなんの物音も届かなかった。

2

改めて伊織の腕に包まれた途端、新太郎は声を詰まらせてしまった。必死になって噛み殺そうとしているのだが、どうしても嗚咽が込み上げてくるのだ。

「ごめん。ごめんよ、新さん。辛かっただろう……?」

折り重なってくる伊織の瞳が、悲痛な色合いに染まっていた。おそらく新太郎を傷つけてしまった罪悪感に彼は打ちのめされているのだろう。

だからこそ、ひたすら謝罪を重ねる伊織に対して、新太郎は即座に弁明したのである。

「ちが……、謝るのは俺の方……。ごめん、伊織は全部本気じゃないって言ったのに……、信じきれなかっ……」

そう、新太郎の涙は自分を非難するものだった。

酷い仕打ちを受けたことよりも、伊織の言葉を信じられず、目一杯の抵抗を示してしまったことが新太郎は何よりも苦しいのだ。「本気ではない」と伊織は前もって告げてくれていたというのに。

自身の行動は裏切りに等しいような気がしてならない。だから、自責と後悔の涙は後から後から止めどもなく溢れるのである。

「ごめん、伊織……」

しかし、健気すぎる戒めを切れ切れに吐露《とろ》する新太郎を目前にして、伊織はなお愛おしさを募らせたようだ。伊織は涙の跡をキスで辿って、新太郎をきつく抱き竦めてくれた。

「新さん、新さん……っ」

息さえもできないくらいの強さで掻き抱かれる。けれど、今は力の限りの抱擁が途方もなく心地いい。

何故、胸が締めつけられるのだろう。

何故、伊織がこれほどまでに好きなのだろう。

幸せな痛みを身体の奥底で感じた新太郎は、いつしか伊織の首に腕を絡ませていた。

密着した伊織の全身からも、自分に対する言葉では語り尽くせないほどの想いが伝わってくる。

もういっそのこと、このまま溶けて一つになってしまいたかった。

「……ふっ」

唇はどちらからともなく重なり合った。最初は啄むように触れては離れ、また触れて。けれど、口づけは次第に舌先で鬩ぎ合うほど濃密な交わりへと変化していったのだ。

「んっ、んぅ……」

深く貪りつつ、新太郎は伊織の温もりを求めて素肌を探る。衿元から手を入れると、伊織は積極的な新太郎に協力して肩から着物を抜いてくれた。

ほどなくして、伊織の裸身が新太郎を包み込む。ぴったりと隙間なく重なり合う体勢は、一旦は冷めてしまった新太郎の肌に再び熱を灯らせた。

「あ……んぅッ」

燻っていた火種が、濡れた内側を探る指先によって再燃させられる。ぬるりと抜き出されていく感触は、新太郎の官能をこの上なく揺さぶり乱した。

「……新さん、あたしは何があってもあんただけは離さないよ」

伊織は新太郎の肌を撫で上げながら、いまだひくつく花の奥へと性急に自身を埋め込んでくる。媚肉が伊織の形に広げられていく。焦れきっていた新太郎は、激しい喜悦と共に滾りを懸命に受け入れた。

「んあ、ああっ」

望んでやまなかった刺激に、担ぎ上げられた両足が震えてしまう。喉の戦きも止まらない。

「もう我慢しなくていいよ、新さん。今からはあんたが望むだけ、何度でも達かせてあげるから……」

「や……っ、俺だけは……嫌…だっ」

慌てて言い繕ると、伊織は柔らかな仕種で頬をなぞってくれた。

「ああ、言い方が悪かったね。何度でも一緒に達くから、新さんも合わせてくれるかい？」

「ん……」

ほっと胸を撫で下ろした新太郎は、安堵の気持ちを口づけで伝える。その新太郎からの行為に情感がより一層高まったのか、伊織は濡れた瞳で新太郎を覗き込んできた。

「……今日は本当に羽目が外れるかもしれない。新さんが辰之介の前で予想以上の反応をしてくれたから」

「……っ」

「あんたは本気で辰之介のものを怖がってたね……。あんなに熱かった新さん自身も見る間に熱を失っていって……。それがどんなに嬉しかったか、新さんには分かるかい？」

「あふ……っ」

蕩けそうな笑みと共に、蠢く内側を掻き回される。ゆるやかな旋回は、新太郎に悦びしかもたらさなかった。

「――だから、今日は止まらないんだ。あんたを目茶苦茶にしたくて堪らない」

壮絶な告白が新太郎の全身に満ちていく。気がつけば、新太郎は嬌声じみた声音を放って、伊織を鮮やかに誘惑していた。

「……いいよ、して…っ！　伊織の……好きなように…俺を……」

「なら、今夜は眠らせないよ、新さん……」

「ひぁっ！」

濡れそぼる肉をきつく攪拌されただけで、たちまち新太郎が完全に復活する。先端から滴る悦びの雫は、伊織の腹筋を湿らせていることだろう。

ある予感が新太郎の脳裏に閃《ひらめ》く。自身の肉体が、また新たな境地に達するかもしれないという淫らな予感だ。それは官能の深みに狂い落ちたい衝動と入り交じって、新太郎を身悶えさせた。

「伊織、お願い……がっ」

「なんだい、言ってごらん。何でもきいてあげるから」

新太郎はごくりと一度喉を上下させてから、前兆に突き動かされた切望を口にする。

「……っ、ここ、さっきみたいに……止めて……っ」

上擦る声音で告げながら伊織の手を導いた先には、淫猥な体液に塗れた自分自身が存在していた。それが何を意味するのか、伊織は瞬時に悟ってくれたようだ。

「もしかして、……できそうなのかい？」

「……伊織ので濡れてると、気持ち……いいから。二回目の時ももう少しで……」

過去伊織が何度試しても迎えられなかった結末を、今宵、己の淫らな肉体は実現しようとしているのだ。

そう、一度も飛沫を迸らせずに、後花だけで絶頂に駆け上るという結末を。

「ふあ……」

新太郎の内側で、びくっと震えを放ちつつ伊織の硬度が増していく。その感覚は、さらに新太郎を煽るかのようだった。

「新さんの望む通りにしてあげるよ……。けど、ここを止めるのはあたしの指じゃなくとも構わないかい？」

「……え？」

「例えば、これを使うとかね……」

己に近い品を選んだのだろう。指の代用品として伊織が示したのは、枕元に放り出してあった髪紐であった。

「……っ、……めだよ。それ、汚れちゃう……」

常に伊織の豊かな黒髪を束ねる紐を、自身の体液で汚《けが》すことには躊躇いばかりが押し寄せる。しかし、新太郎の逡巡を伊織は鮮やかな微笑で一蹴してしまうのだ。

「気にすることはないよ。代わりの紐は何本も持ってるし、それにこいつは新さん専用にしちまえば、何も問題はないだろう?」

「……っ」

あまりの言い分に、新太郎はもう頬を紅潮させることしかできなかった。

黙り込んで目を伏せる新太郎の昂りに、しゅるしゅると音を立てて髪紐が巻き付けられていく。硬めの繊維が側面を掠める感触は熟れた肉体へと微かな快楽を与えたが、新太郎は唇を噛んで嬌声を堪えきった。

「あく……ッ」

きゅっとたるみを引き締められた途端、新太郎はあえかに喉をのけ反らせる。だが、苦痛ともとれる新太郎の反応には構わず、伊織は慣れた手際で紐を結わえてしまった。

すべての準備は完了したのだろう。伊織の指先が、三重に戒められた根元から蜜に塗れた幹をそっとなぞりあげていく。

「きつすぎないかい……?」

「……ちょっと苦しくて…痛い……。でも……我慢する……」

大丈夫だと取り繕うこともできたのだが、新太郎は素直に自分の感覚を伝えていた。今は伊織の労《いたわ》りが欲しかったからだ。

「すまないね、新さん。その代わり、痛みが分からなくなるほど……いや、気が狂うほどよくしてあげるから……」

「んあっ、あっ」

淫靡な香りの睦言が囁かれると同時に、ずるりと音を立てて内側から熱の塊が引き抜かれる。

そして、間を置かずに、新太郎は最も奥深い場所まで鋭い刃の侵略を受けていた。

「ぁあッ、あ……伊織っ」

激しい律動は何度も何度も繰り返される。もう腰を波打たせるだけでは物足りない。新太郎は熱の捌《は》け口を失った苦痛を感じながらも、自ら下半身を打ちつける仕種で愉悦を貪り食らっていた。

「うあ、気持ち……いッ！」

卑猥な粘着質の音が、繋がった場所から聞こえてくる。その響きは、新太郎の羞恥と情欲を一層掻き立てるかのようだった。

摩擦によって生み出される悦楽が、新太郎の理性を一枚一枚剥ぎ取っていく。後に残るのは剥き出しの本能だけなのだろう。薄紅に染まった全身が放埓なうねりを放つ。汗に塗れた新太郎の肢体は、この上なく淫猥だった。

「あっ、凄い…のが、くる……よっ」

新太郎がひくっと内腿を震わせながら伊織の肌に爪を立てたのは、欲望を塞き止められて荒れ狂う肉体の奥から未知の感覚が頭を擡《もた》げたからだ。

「……っ、そうだね。新さんの…中が、気をやる時と同じになってる」

「んっ！　あ、それ……っ」

浅い抜き差しに切り替えた伊織は、自身の張り出した部分で快楽の源をこりこりと転がす。突然リズムを崩されて、新太郎の下肢がびくりと勢いよく跳ねてしまう。限界間際まで追い詰められている肉体にとって、それは強烈過ぎる刺激だった。

「あっ、い…いッ!!　いい……」

弱点を重点的に攻め立てられた新太郎は、身も世もなく乱れきる。

今まで経験した情交の中で、最も激しい喜悦の前兆が指先にまで伝達していく。

「あぁ、すご……いっ」

もう間もなく新太郎の肉体は暴発する。いや、初めての結果に行き着いた新太郎は、また新しい花を咲かせると表現した方が正しいのかもしれない。

芽吹いた未知なる感覚は、今や開花の瞬間を迎えようとしていた。

「伊織……っ、いお……！　も、して……。さっきみた……揺すってッ」

新太郎は伊織の首根にしがみついて懇願する。媚肉は頂点に向けて、すでにいやらしい収斂を重ねていた。

剛直が新太郎を思いきり突き上げる。粘膜全体を愛されて、新太郎は一気に最後のきざはしを上り詰めた。

「ぅあ、あっ、……あぁ――――っ！」

弓なりに撓んだ背筋が絶頂の大きさを物語る。息が止まるほどの愉悦を味わった新太郎は、声もなく唇を震わせて肉の輪をきつく窄めていた。

その限界まで狭まった襞の感触が、高まりきった伊織へと決定打を与えたようだ。

「……っ、新さん、紐を解くよ……」

余裕のない声音と表情で、伊織は低く言い募る。自分の身に起こる事態は、新太郎にも見極められた。だから、彼は伊織を制止するべく、いまだ思いのままには動かせない四肢を駆使して逞しい身体に縋りついたのである。

「やぁっ、今はだめ……ッ」

「大丈夫、あたしも一緒に達くから」

けれど、新太郎の願いは甘い囁き一《ひと》つで、いとも簡単に封じ込められてしまう。届かない悲鳴は、濃密な空気の中にたちまち紛れていった。

「やぁ……、だめ…だ…っ」

伊織は一旦最大限まで昂った自身を抜き出すと、間を置かずに極めた余韻に喘ぐ内側へと反り返った刃を捩じ込んだ。

――次の瞬間、新太郎の最奥で伊織の熱情が弾け散る。過敏になりすぎている襞にありったけの滴りを浴びせられてはどうしようもない。

「あっ、あひ……っ、ああ――ッ!!」

同時に戒めを解除された先端から、白い飛沫が激しく迸る。壮絶な解放感に襲われた新太郎は、逞しい胴に巻き付けていたはずの両足を空に浮かせて小刻みに痙攣した。

「……ふあ、あ……あっ、や……まだ……出ちゃ……っ」

止まらない。

びくりびくりと跳ねる自身から、白濁の体液が溢れて止まらない。今宵初めての放出は、恐ろしいほど長く続いた。それだけ熱が蓄積されていたということなのだろう。

大量に零れた雫が、桜色に上気した肌を淫猥に飾り立てる。新太郎は全身に緊張を走らせながら、終わらない深い法悦を味わっていた。

「く…ふ、ぁ…あっ」

喘ぐ新太郎の焦点が、不意に合わなくなってしまう。肉体だけでなく、頭の芯がぼうっと痺れたようになっていた。自分が気絶していないことは把握できる。けれど、視界のすべては真っ白な靄《もや》に包まれていたのだ。

「新さん……、新さん……?」

「あ……」

激しすぎる結末を迎えた新太郎は、軽く意識を飛ばしていたようだ。いつしか閉じていた瞼を開けると、そこには心配そうな伊織の顔が自分を覗き込んでいた。

「大丈夫かい？　このまま落ちさせてあげようかとも思ったんだけど、ちょっと身体が心配でね……。どこもおかしくはなってないかい?」

伊織の言葉を咀嚼《そしゃく》するのにさえ時間がかかる。新太郎は長い間合いを置いてから、こくんとゆっくり頷いてみせた。

「……ん。大丈…夫。気持ち、よすぎた……だけ…だから…」

まだ完全に自分を取り戻していない新太郎は、自身がどれだけ恥ずかしい言葉を口にしているか気づいてはいない。彼はただ潤みきった瞳で恋人を見上げるだけだった。

「伊織も気持ちよかった……?　今、凄く……綺麗……」

「当たり前だろう……。新さんが新しい自分を見せてくれたんだから」

伊織の唇が、素直な告白と吐息を盗んでいく。愛おしさに溢れた口づけは、彼の心境を——新太郎に心の底から惚れ込んでいることを、何よりも雄弁に物語っていた。

「……一度も達かないまま、とうとう後ろだけで気をやれるようになっちまったね。こんな肉体《カラダ》はあたしも初めてだよ。やっぱり新さんは最高の恋人だね……」

また一段階進化してみせた淫らな肉体に、伊織は称賛を惜しまない。だから、僅かに羞恥が込み上げたものの、新太郎は睫毛を震わせて恋人の感嘆を受け止めたのである。

「なんか凄い恥ずかしいんだけど……、伊織が嬉しいなら…それでいいや……」

新太郎の可愛い肯定に、またしても欲望が掻き立てられたのだろう。伊織は復活の兆しを見せた昂りで、濡れそぼる内側をぐるりと深く抉り回す。

「……続けて欲しいのかい、新さん?」

「や…っ、まだ動かさない…でッ」

掠れ気味の囁きとたったそれだけの愛撫で、鎮まりかけていた肉悦は再び身体の奥底で蠢き始めていた。

「伊織、あっ、すぐ……来ちゃうから……、んんッ、回すのも……だめ…だって…っ」

「だったら、あたしを煽るようなことを言っちゃいけないよ。止まらなくなるだろう……?」

ぞくりと肌が粟立ってしまうほど色香に掠れた睦言を囁かれては、新太郎にも抑制が利かなくなる。もう深い夜に溺れる覚悟を決めるしかないようだ。

「んっ、伊織……」

だが、いったん開き直ってしまえば躊躇いも霧散する。迷いを捨ててするりと腕を伸ばした新太郎は、伊織の襟足に指先を這わせながら、自ら濃密なキスをねだっていた。

「ふ…くっ！　ね…伊織……」

「なんだい…？」

「……今日はもう……何をしてもいいけど…、縛る――のはこれから先……あんまりしないで欲しいんだ…」

目元を染める懇願は、質問口調で切り返される。

「やっぱり後ろだけで達くってのは辛いのかい？」

「ちが……。あの……」

咄嗟に言い淀んでしまったのは、本音を口にすることに対して逡巡があったからだ。しかし、新太郎は伊織を納得させるために、すべてを自分の手で暴いてみせたのである。

「……後ろだけって……気持ちいい時間が……長すぎるから……っ」

何も隠そうとはしない恋人に、深い感慨が押し寄せたのかもしれない。すっと目を細めた伊織は、美しい面に陶然とした笑みを刻んでいた。

「そう……、それが辛いんだね。だったら、今度からは『縛る』のをお仕置きにしてあげるよ」

「……っ！」

淫靡な響きと映像を伴う未来予想図が新太郎を絶句させる。けれど、彼は小さく頷く仕種で、伊織の決定を承諾したのである。

「……うん、分かった……」

「じゃ、手始めに『お仕置き』といくかい……？」

「え……？」

僅かに新太郎の眉が曇ってしまうのは、「お仕置き」が不服だからではない。何故そうされるのかが、今の新太郎には分からなかったのだ。自分は何か伊織の不興を買ってしまったのだろうか。新太郎の胸の内に重い不安が押し寄せる。

「『どうして？』って考えてるね。だったら、理由を教えてあげるよ。――新さんは辰之介を前にした時、あたしを信じちゃくれなかったんだろう。それは十分お仕置きに相当すると思わないかい？」

「……そんな」

自分の告白を逆手に取られた新太郎の瞳が、知らず知らずのうちに涙で歪む。確かに、伊織への不信は自身の罪だ。そこを責め立てられれば、新太郎には反論すらできない。けれど、自白した上で認められた罪状ならば、情状酌量の余地があってもおかしくないような気もするのだ。

「――なんてのは嘘だよ。すまないね、惑わせて……」

「伊織っ！」

予想外の「お仕置き」宣告が、伊織お得意の「いけず」だと悟ったのは、触れるだけの口づけを目尻に感じた時だった。伊織の言動に翻弄されてばかりの新太郎は、僅かに眦を吊り上げて恋人を恨めしげに睨み付けた。

おそらく、普段以上に健気な姿勢を示す新太郎に愛おしさを募らせた伊織は、どうしても恋人が困惑する様を見たくなってしまったのだろう。秀麗な面を苦笑で覆っているのは、あまりにも新太郎が予想どおりの反応を返したからに違いない。

「全部タテマエだよ、新さん。本当はね……」

伊織の顔が音もなく近づいてくる。囁く声音は蕩けそうなほど甘やかだった。

「ぁ……いお…っ」

――さっきの新さんをもう一度見たいだけなんだよ、という言葉は、激しいキスに飲まれていた。

すでに身体は清められた。そして、二人共が新しい夜着を身に纏い、一つの布団にくるまっている。

庭から聞こえる虫の声と、互いの息づかいだけを辿る静かな時間。先刻までの激しい情交が嘘のようだ。

緩く腰に回された腕と、髪を梳き上げる仕種が途轍もなく柔らかい。体力の限界まで愛された新太郎の肉体は、その心地よい感触に酔い痴れていた。

「……新さんは前に言ったね」

唐突に切り出した伊織の顔を、新太郎はそっと仰ぎ見る。思わず息を飲んだのは、恋人の面が優しい笑顔に縁取られていたからだ。

新太郎は少しだけ胸を高鳴らせて、伊織が紡ぐ言葉に耳をそばだてる。

「今まで辰之介に傾かないでいてくれてありがとうって。あの時は言わなかったけど、それはこっちの台詞だよ」

「……伊織」

「あのなんにつけても男前の辰之介に靡かないでくれてありがとう、新さん」

勝手口で交わした会話が、唐突に記憶の淵から沸き上がる。すべてを思い出した新太郎は、ふふっと笑って腰に添えられていた伊織の手を絡め取った。

「だったら、俺も同じ言葉で返すよ、伊織」

指先をしっかりと組み合わせつつ、新太郎は真っ直ぐな視線で恋人を拘束する。

「どんなに真剣に言い寄られても、俺に届くのは伊織の言葉だけだから。伊織じゃなければ、俺は絶対にときめかないから。――本当に恋は理屈じゃないよね」

辰之介の登場により、二人は自分たちの関係が一層親密になったことを思い知る。

たとえどんな相手――見栄えのよい容貌と人を引きつけてやまない性格、そして生活に困らないだけの金銭、それらをすべて持ち合わせた相手が目の前に現れても、二人は決して心を動かしたりはしないだろう。

お互いの目に映るのは、今の恋人のみなのだ。

「愛してるよ、新さん。あたしにはあんただけだ」

新太郎がまだ一度も使ったことのない言葉を、伊織は惜しげもなく何度も何度も囁いてくれる。

途方もない幸福感によって、新太郎の心がじんわりと温かな感情で満たされていく。この幸せな気分は伊織と等しく分かち合いたかった。

「……俺も伊織が好きだ。伊織だけを……」

けれど、「愛している」とはいまだ気恥ずかしくて伝えられない新太郎は、自分から送るキス

で足りない単語を補っていたのである。

3

想いを確かめ合った翌々日の昼下がり。

今日の天気は少しばかり曇っている。遠くの黒雲は、季節外れの嵐の到来を告げているのかもしれない。

庭先で洗濯物を干すべきか思案していた新太郎は、眉を顰めながら諦めの言葉を口にした。

「今日は部屋の中で干そうっと。そんなに数もないことだし」

明日の朝までに乾くといいなと考えつつ、新太郎は籠を抱えて縁側へと向かう。その時だ。約束のなかった訪問客が、いきなり二人の家を訪れたのは。

「ごめんよ」

玄関から響いた声を聞きつけた新太郎は、縁側から急いで応対に駆けつける。けれど、何も慌てる必要はなかったようだ。訪問者は悪びれない笑顔で短く付け加えたのだから。

「勝手に上がらせてもらったぜ、新太郎」

「辰之介さん！」

まるで何事もなかったような態度には、新太郎の方が面食らってしまう。しかし、そんな彼を顧みることなく、辰之介はずかずかと廊下を進んでいくのである。

「伊織はどこだ？」

「いつもの部屋だけど。……って、駄目だよ、辰之介さん！　今は仕事中なんだから」

新太郎は自分を盾にして、一足早くやってきた嵐——辰之介の侵攻を阻もうと試みる。だが、一回り以上小柄な新太郎の制止など簡単に振り切って、辰之介は無造作に書斎の扉を開け放ったのだ。

「よぉ、元気そうだな」

「……あんたも懲りない男だね」

激しい物音に振り返った伊織の面には、すぐさま呆れたような表情が浮かび上がる。眉根の歪みは、悪友の性状を忘れていた自分が恨めしいという心の内を示しているのだろうか。

けれど、伊織の渋い態度にも辰之介はまったく怯まない。

「それが俺の持ち味だからな。大体、この間はおとなしく帰ったけどな、俺はあんたらを諦めたとは一言も言ってねぇんだ。標的が増えた上、途方もなく強い繋がりを見せつけられたんで、かえって血が騒いでるくらいだよ。だから、今後も隙あらば、伊織は勿論のこと新太郎も狙わせていただくからな」

にっと不遜な微笑を口許に敷いた辰之介は、いつもの憎めない口調で言い放つ。

「それに色恋は脇に置いときゃ、今まで通り悪友ではいてくれるんだろう？　あんたと新太郎は友達としても俺が大好きなはずだからな」

傲慢な言い分には、もう笑うしかなかったのだろう。伊織は美貌を苦笑で覆って、辰之介へと改めて向き直る。

「そこまで厚顔だと、いっそ清々しいよ」

「お褒めの言葉、痛み入る」

「……で、今日は何用だい？」

「いい酒が手に入ったんで、一杯やろうかと思ってな」

今日の用件はこれだと証明するかのごとく、辰之介はすっと酒瓶を差し出した。

「ああ、そいつはいいね。丁度仕事も区切りがついたとこだから。──新さん、すまないけど、軽く支度をしてくれるかい？」

伊織のにこやかな指示が新太郎へと向けられる。その笑みは、はらはらと事の成り行きを見守っていた彼を酷く安心させた。

「じゃ、お酒のあてになるものと、湯飲みを持ってくるね」

そう言って晴れやかな顔で踵を返した新太郎には、辰之介が放った陽気な追加注文が追い縋る。

「湯飲みは三つだぞ～。酒盛りは新太郎も強制参加だからな～」

「うん、分かった！」

自分を仲間に入れてくれる辰之介が好きだと思う。

おそらく、口では「諦めていない」と宣告しつつも、辰之介は心の底で自分たちの恋を認めてくれたのだろう。そうでなければ、以前と変わらない態度も、どちらかを酒宴の席から外さない気遣いも説明がつかなかった。渋々とではあるかもしれないが、辰之介は恋人たちを見守る悪友の役割を引き受けてくれたのだ。

これで何もかも収まるべき位置に収まったような気がする。

「『隙あらば……』っていうのも本心だと思うんだけどね」

新太郎はくすっと笑いながら、炊事場へと駆け込んでいく。

外の天候は相変わらず荒れ模様の気配を窺わせる。けれど、確実に訪れるであろう嵐は、今日の二人にとって安らぎを運ぶ風になりそうだった。

第四章　けれど

1

俯く伊織の髪がさらりと揺れる。

静かな横顔は、深い物思いに耽《ふけ》っている証だ。いつもであれば、そんな伊織の邪魔にならないように夜のお茶の用意をした後、新太郎は物音も立てずに自室へと引きこもる。

けれど、今日の――いや、最近の伊織は、ことあるごとに横から覗き込まずにはいられないのである。

伊織の様子が少しおかしいと思うようになったのは、二、三日前のことだ。

仕事をしている伊織の机へ湯飲みを運ぶと、彼は慌てて手にしていた書類を伏せた。隠すような素振りには気づかないふりをして、普段どおり新太郎はにこやかな笑顔で伊織を労る。しかし、去り際に彼の手元を盗み見ることは忘れない。

積み重ねられた本の陰に、封を切った封筒が置かれていた。それは伊織が見られまいとした紙片と同じ風合いだったのである。

（伏せたのは便箋……？　あれは最近よく来てるやつだよな）

先月あたりから、伊織の元には同じ人物から頻繁に手紙が届くようになっていた。しかし、その内容を新太郎はまだ知らない。伊織が決して口にはしないからだ。

「新さん、もうここはいいから先に休みなさい。明日も早いんだろう」

「うん、それじゃ……」

「おやすみ、新さん」

「おやすみなさい」

柔らかな気遣いを受けた新太郎は、短く告げて伊織の書斎を後にする。それから彼はきゅっと口許を引き結んで、二階の自室へと歩いていく。階段を上る新太郎の頭に浮かぶのは、伏せられた便箋の色彩だった。

恋人の様子から、何度も届く手紙が伊織に変化をもたらしたのだと推察できた。

だが、内容の追及はあえてしない。心配だとも思うけれど、重要なことであればいつか自分にも話してくれるはずだからだ。

新太郎は駆け落ち騒動の最中に、隠し事は嫌だと恋人にはっきり伝えていた。それを伊織は忘れてはいないだろう。

「大丈夫だよな、伊織……」

一抹の不安が胸を掠める。しかし、新太郎はそれを誤魔化すように、自室の襖を静かに開け放っていた。

光のない部屋の中は、何かを暗示するのだろうか。空間に満ちる冷気と闇は、新太郎の心の奥へと密やかに忍び寄る。

それは秋から冬へと移る合図の木枯らしが、葉の落ちた木々の枝を揺らす寒い夜のことだった。


「伊織っ！」

新太郎は学校から帰り着くなり、伊織の書斎に駆け込んだ。

「なんだい、新さん。そんなに慌てて」

「これが慌てずにいられるかって。聞いてよ、伊織。俺、夢が叶《かな》いそうなんだ！」

一気にまくし立てた途端咳き込んでしまった新太郎を、伊織は背中を撫でる仕種で宥めようとする。しかし、そんな伊織の面にも興奮の色合いがありありと浮かんでいた。

「新さん、落ち着いて話してごらん」

そこでようやく冷静さを取り戻した新太郎は、伊織の前で背筋を真っ直ぐ伸ばしてきっちりと正座した。それから自分の身に降りかかった思いがけない幸運を、順序立てて伊織へと説明したのである。

「なるほど。国費留学生に急遽《きゅうきょ》欠員ができて、その代理として新さんが推薦されたってことなんだね」

「本当は来年卒業者の中から選ぶ予定だったんだけど、なんだか皆早めに就職とか決めちゃってて、俺にお鉢が回ってきたんだ。多分、簡単に決まらなかったのは、費用の問題もあるんじゃないかな」

新太郎が聞いたところによると、国から支給される資金のみでは、留学期間すべての費用は賄いきれないようだ。派遣人数の関係と年度予算の振り分けも影響するらしいのだが、今回の留学は例年に増して条件が厳しかった。国費留学生とはいっても、半分は自己負担になってしまうのだ。その前提では、推薦を辞退する生徒が続出しても不思議ではないだろう。

「俺だって、今から親父と兄貴を説得して費用の出世払いを認めてもらえなきゃ、断るしかないんだよな。来年また機会を狙うっていうこともできるけど、先生の話じゃ、国費留学はいつ打ち切られてもおかしくないってことだったし……」

「それなら尚更こんないい話を見逃しちゃ駄目だよ、新さん。なんとしてでも親御さんたちを説き伏せないとね」

「伊織は賛成してくれるんだ」

「当たり前だろう」

即座に返された言葉には、意外そうな響きさえ込められていた。それに確信を得た新太郎は、気掛かりだった質問を上目遣いで口にする。

「……もしかして、一緒に行ってくれるつもりでいる？」

「あたしが忘れてるとでも思ったのかい。新さんとあんなにしっかりと約束したじゃないか。許される限り、あたしはあんたについていくよ」

言い切る語調の強さが何より嬉しい。例えようもない幸福感は、すぐさま新太郎の胸一杯に溢れ返る。

新太郎は真正面から伊織を見つめると、今の正直な気持ちを飾らない言葉で伝えていた。

「もうすぐ伊織と会って一年になるね。あの時から、俺はどんどん幸せになってくよ」

「……それはあたしも一緒だよ。だから、あんたは手放せないんだ」

少しだけ細めた瞳はこの上ない幸せを意味しているのかもしれない。伊織は極上の笑みで、新太郎を包み込んでくれた。

「で、出発はいつだい？」

「来年の春！」

「本当に急な話だ。そうと決まれば、早速あたしの渡航費を援助してくれる人を探さないとね」

「俺もいろいろと当たってみるよ」

そうして、その日以降、二人はより明るい未来を目指して、何かと慌ただしく動き始めたのである。

2

夢を実現させるべく行動を起こした両者の元に、予想外の使者が訪れたのは、それから一週間後のことだった。

「ごめんください」

丁度家を空けていた伊織に代わって新太郎が応対に出ると、初対面の紳士はどこかで見たことのあるような柔和な笑顔を浮かべてみせた。

「ああ、あなたが新太郎さんですね」

「はい、そうですけど。どちらさまですか？」

「ご挨拶が遅れました。私、伊織のすぐ上の兄の弓弦《ゆづる》と申します。伊織が何かとお世話になっているそうで……」

訪問者が告げた思いがけない言葉に、新太郎は驚きを隠せない。伊織の実家の事情——事業に失敗して、一家離散の状態にあるという事情を知っているだけに、驚愕は一層深くなっていくばかりだった。

「いえ、お世話になっているのはこちらの方です……。って玄関先で挨拶してる場合じゃないですね。どうぞ上がってお待ちください。今、伊織…さんは出掛けてますけど、夕方までには帰ってくると思いますので」

「そういうことでしたら、すみませんがお邪魔させていただきます」

歳は三十を超えたばかりといったところだろうか。居間に通された弓弦は、何につけても礼儀正しく受け答えをする。粗雑さなど微塵も感じさせない柔らかな物腰が、裕福な環境で育ったことを裏付けるかのようだ。それでいて余計な緊張感を生み出さないのは、彼の纏う雰囲気が優しいからだろう。

笑顔をどこかで見たことがあるはずだ。よくよく観察してみれば、伊織より精悍さが増す顔だちだが、目元は恋人にそっくりだった。

「静かな所ですね」

「そこが伊織さんも気に入っているみたいです」

庭に目をやる弓弦と他愛のない世間話をしながら、新太郎は伊織の帰宅を待ち続けた。だが、向かいの山の端に夕日が落ちかけても伊織は戻って来なかったのである。

「伊織の帰りは遅れるみたいですね。やはり前もって連絡を入れておくべきでした。いや、それはそれで逃げられたかもしれませんが……」

「逃げられた」とはどういうことなのだろう？　と首を傾げる新太郎に、弓弦は頭《こうべ》を垂れて暇を告げようとする。

「申し訳ありませんが、今日のところは失礼させていただきます。この後にも約束が控えておりますので」

「それなら、伊織さんに用件をお伝えしておきます。差し支えなければ伝言か何か……」

そう申し出た新太郎に対して、少しばかり逡巡してから弓弦は手短に言葉を添えた。

「それでは『例の手紙の返事は、また改めて訪れた時に』とお伝えください」

「――――もしかして、毎月手紙を送ってたのは弓弦さんなんですか？」

はっと直感が閃いたのは、啓示であったのかもしれない。どこかで新太郎を見守る存在は、今この瞬間、はっきりと彼に試練を指し示したのである。

「ええ、そうです」

新太郎の面に表れた驚愕を、すべての事情を弁えている上での驚きだと勘違いしたようだ。弓弦はそれならばという面持ちで続けていった。

「弟から聞き及んでいるかもしれませんが、先月から私と長兄は隣の港町で新しく海外向けの事業を起こしたんです。主に紙を取り扱う小さな貿易会社ですけれども、予想外に外国の方との接触が多くて。それで再三語学の堪能な弟に、こちらの仕事を手伝ってくれとお願いしているわけです」

説明が終わると同時に、新太郎の全身へと衝撃が走る。意外すぎる事実は、手足だけでなく彼の顔までをも強張らせた。その緊張が相手に気づかれなかったのは、幸運の一言に尽きるだろう。

(伊織はそれを悩んでたのか……)

伊織の懊悩を知った新太郎の頭の中には、すでに恋人が導き出した答えすらも浮かんでいた。

「――伊織さんは、結局お手伝いを断ったんですね」

「はい。もともと開業する際も、勘当されかけていた放蕩《ほうとう》息子だったからという理由で、伊織は経営への参画はおろか、新しい家に帰ることさえ承諾しませんでした。それに独力で手に入れた生活も気に入ってるからでしょう。新太郎さんのおっしゃるとおり、生憎《あいにく》、弟から芳《かんば》しい返事は返ってこなかったんです。もちろん、私共家族は伊織の過去など気にしてはいません。むしろ同居を望んでいるんです。ここから通うのも大変ですしね」

弓弦は一旦言葉を区切ると、家族の切望と弟への愛情に挟まれた苦悩を重い口調で語り尽くした。

「私は弟の翻訳の仕事が軌道に乗りかけていることも重々承知しています。本来ならば、私は伊織の門出を祝う立場にある人間なんでしょう。けれど、それでも諦めきれずに今日は直談判にやってきたんです」

ただ単に仕事が忙しくなったから、伊織を呼び戻すのではない。橋本《はしもと》家の末っ子が愛おしいからこそ、弓弦を含めた家族全員は伊織を求めているのだ。深い家族愛は、弓弦の言葉の端々から窺い知ることができた。

そんな兄の説得を受けても伊織の決心は翻らないのだろうか。途轍もなく大きな不安が、新太郎の脳裏を過《よぎ》っていく。

だが、今の新太郎が留意すべき点はそこではない。

何故これほど重要な問題を、伊織は自身に相談しなかったのかという事実にこそ、彼は目を向けなければならないのだ。

（なんで伊織は……っ）

悔やんでももう遅い。留学の話に浮かれていたとはいえ、伊織の変化をまったく失念していた自分に新太郎は腹立たしさを覚えてしまう。

「試練」の前兆は、あれほどしっかりと新太郎に示されていたはずなのに。

（俺、自分のことしか考えてなかった……っ！）

それが口惜しくて堪らない。喜ぶ新太郎を目の当たりにしたことで、伊織が相談を持ちかける機会を逸してしまったのならば、尚更後悔は深くなる。

「新太郎さん？」

俯いて黙り込んだ新太郎を不審に思ったのだろう。伊織に似た眼差しが、心配そうに覗き込んでくる。

「すみません。俺、弓弦さんにお願いがあります」

悲痛な声音に眉を顰めながらも、彼は柔らかく先を促してくれた。その穏やかな響きすらも伊織を彷彿とさせて、新太郎の心を激しく苛むのだ。

「今日のこと、伊織さんには秘密にしておいてください。弓弦さんが訪ねてきたことも、俺が全部聞いたことも……っ」

「――新太郎さん、あなたはこの話について何も知らなかったんですね」

「ごめんなさいっ」

深々と頭を垂れた新太郎に対して、弓弦はもうそれ以上追及しなかった。

「ちょっと早いけど、大丈夫かな」

新太郎は一人呟きながら、何度も訪れたことのあるカフェの扉をゆっくりと開けた。今日は伊織とここで待ち合わせの約束をしているのだ。

外で仕事の打ち合わせをする際、度々伊織は新太郎を誘ってくれた。場合によっては、その後観劇に赴《おもむ》くこともあるし、ただ一緒に帰宅するだけの時もあった。つまり、一緒に暮らしてはいるものの、二人は屋外でも幾度か逢瀬《おうせ》を重ねていたのである。

昼下がりのカフェはそれなりに賑わっているようだ。定位置となった入り口間際の席に伊織の姿を発見できなかった新太郎は、エプロンをつけた女給の案内を断って、奥のスペースへと足を進めていた。

（あ、いた……）

洒落た衝立の陰から見慣れた横顔を発見する。だが、すぐに声はかけられない。何故ならば、伊織はまだ誰かと話し込んでいたからだ。

「打ち合わせが終わってないのかな」

約束の時間よりも自分が早く到着したのだから仕方のないことだろう。新太郎は恋人の邪魔にならないように、伊織の様子が観察できる近くの席に腰を落ち着けて待つことにした。

「……なんか難しそうな顔をしてるな……」

もちろん話の内容は聞こえない。けれど、眉根を顰めた伊織の表情が、口調の厳しさまでをも物語るのだ。

幾分渋い感情を漂わせるその面は、手紙の届き始めた頃の伊織の振る舞いと重なった。

（多分、伊織が最初に悩んでいたのは、家族が提示した条件の中に、同居と引っ越しが含まれていたからだ……）

おそらく、彼は新太郎との生活を手放すことに躊躇いを覚えたのだろう。しかし、家族の願いを無下にはできない。新太郎にも兄妹と両親がいるため、伊織の迷いは十分理解できた。

そうして逡巡を繰り返しているうちに新太郎の留学話が持ち上がり、伊織はさらに大きな決断を迫られる状況へと追い込まれてしまったのだ。

伊織の懊悩を思うと胸が痛い。自身の苦しみも深くなる。

「俺はどうしたらいいんだろう」

と密かに漏らしたところで、伊織たちの話し合いも終了したようだ。伊織の向かいの席に座っていた人物がゆっくりと立ち上がる。今まで相手の姿は新太郎の位置からは見えなかった。だから、新太郎は何気なく確認してしまったのだ。

「――――っ」

顔を見やると同時に、新太郎は息を飲んだ。

視線が合う。席を立った男も新太郎の存在に気づいたらしい。はっとした表情は、明らかに動揺を示していた。

しかし、伊織に驚愕を気取られてはならないと思ったのか、男はすぐさま平静を取り繕って歩き始める。新太郎の前を通り過ぎる時、微かに会釈をしてみせたのは自分が約束を破っていないことを伝える合図であったようだ。男は何も言わずに、そのままカフェを後にした。

そう、今伊織と対面していたのは弓弦であったのだ。

絶句した新太郎は、そのまま頭を抱えて俯いてしまう。間違いなく、弓弦は伊織を説得するためにやってきたのだろう。そして、交渉は決裂に終わったはずだ。そうでなければ、伊織の厳しい態度には説明がつかない。

自分はどうすればいいのだろう。何度も繰り返された問いが新太郎を間断なく責めたてる。頭上から降りかかる声がなければ、彼は今の場所から動けなかったに違いない。

「新さん、どこか具合が悪いのかい?」

「伊織……」

弾かれたように顔を上げると、そこには伊織の心配そうな双眸があった。待ち合わせの約束を思い出した伊織は、いつもの席へと移動しようとして顔を伏せる新太郎を発見したらしい。

「……大丈夫だよ。ちょっと眠かっただけ」

「なら、いいけど。でも、来てたのなら、声をかけてくれればよかったのに」

伊織は笑いながら新太郎の向かいに腰を下ろす。彼の元には、すぐさま取り澄ました女給によって前の席から瀟洒《しょうしゃ》なカップが運ばれた。

「でも、打ち合わせ中みたいだったから……」

「……ああ、そうだね」

新太郎は今の相手が誰であったのか知らないふりをする。伊織もまた、兄と会っていたことを新太郎に告げようとはしない。

互いに秘密を持ってしまった二人の間に重い沈黙が流れていく。

その気まずい雰囲気を引きずったまま、新太郎は伊織の目を真っ直ぐに見つめた。

「……伊織、俺の留学先に渡航しちゃっても本当に後悔しないよな」

「一緒に行かない方が後悔するよ」

何も知らなかった新太郎へ迂闊に事実を告げてしまった罪悪感も働いたのだろう。弓弦は新太郎が取り付けた一方的な約束を忠実に守ってくれたようだ。即答する伊織の態度や言葉尻に特別な変化は見られない。

今もなお新太郎が家の事情に気づいていないと思い込んでいる伊織は、更に真摯な声音で言い募る。

「前にも言ったよね。あたしは新さんを手放せないんだよ……」

伊織はもう決めてしまったのだろう。新太郎には何一つ相談せずに。

新太郎との生活が壊れてしまうが故に、隣町という近距離に移り住むことさえ躊躇った伊織が、外国への旅立ちを黙って見送れるはずがない。どうしても新太郎とは離れられないと語る伊織の決断は揺るがないように感じられた。

おそらく念願の叶う新太郎を、自分の家の都合で悩ませたくはないという配慮も働いているに違いない。だが、新太郎にとっては、それが少し哀しくもあるのだ。

(この気持ちには覚えがある。星山さんの時と一緒なんだ)

何カ月か前に起こった駆け落ち騒動の際も、伊織は新太郎に類が及ぶことを危惧《きぐ》して、何もかも一人で片づけようとした。今回も彼の心理はその時と同じ方向に傾いているのだ。

膝の上でぎゅっと拳を握った新太郎は、小さな声で伊織に返していた。

「それは俺も同じだ……。伊織は手放せない、絶対に」

「なら、何も問題はないだろう?」

うん、と軽く頷く仕種さえ逡巡してしまうのは、胸に沸き上がった疑心が消えていかないからだ。

(なんで伊織は何も言ってくれないんだろう。俺はそんなに頼りないのかな)

それが思い違いだということは分かっている。誰よりも自分のことを考えてくれているが故に、伊織は口を閉ざしただけなのだ。

しかし、独断で物事を進めていく伊織に不満を覚える反面、新太郎は恋人に進退の相談を持ちかけられても、自分が明確な答えを導き出せないことを十分に弁えていた。

そう、新太郎もまた伊織と離れたくないのだ。

誰に何を言われようとも。

ならば、留学の話を断ってしまおうか。それとも何も気づいていないふりをして、伊織と渡航してしまおうか。

「離れたくない」を前提条件に据え置くと、選択肢はその二つに絞られた。けれど、どちらを選んでも、おそらく伊織は後悔する。

新太郎が留学を断念すれば、「自分の存在が新太郎の夢を壊してしまったのか」と嘆くに違いない。そして、新太郎と共に海を渡ってしまえば、「家族を捨てて自分本意に行動してしまった」と激しく心を痛めるのだろう。

そんな伊織は見たくない。けれど、伊織とは長い距離と時間を隔てて過ごしたくもないのだ。

二律背反《にりつはいはん》の現実の中で、新太郎は煩悶《はんもん》するしか術がなかった。

たった三年間の留学を前にして、何故それほどまで思い悩めるのかと考える人もいるだろう。

けれど、その三年の間に何が起こるか分からないと、深い恋に落ちた恋人たちは想像してしまうのである。

長い船旅は予想外の事故に遭遇する確率が非常に高い。無事に新天地へと到着したとしても、まるで文化の違う生活に馴染めず、体調を崩すかもしれない。そして、場合によっては、人種の違いによる無意味な争いに巻き込まれる可能性さえ存在するのだ。

新たな世界に旅立つ時には、期待と不安が入り交じる。だからこそ、簡単に杞憂だとは笑い飛ばせない。何より、外の国で暮らす年月は途方もなく長く感じられたし、住み慣れた日本と海を隔てる距離は大きすぎた。

離れてしまえば、何か重大な事件が起こってもすぐさま伊織の元に駆けつけることはできない。

その厳然たる事実が、新太郎を闇の底へと陥れるのだ。

そう、闇の深淵《しんえん》。自縄自縛《じじょうじばく》という底知れない闇の深淵に。

「新さん……、やっぱり調子が悪いんじゃないのかい？」

黙り込んで思い悩む新太郎を、伊織は訝しげに覗き込んでくる。こんな時でさえ、優しい気遣いは懊悩する新太郎の胸に酷く響いた。

「大丈夫だよ。でも、ちょっと疲れてるかもしれない……」

「それじゃ、今日はこのまま一緒に帰るだけにしようか」

「うん……」

心が痛い。軋《きし》みで涙さえ零れそうだ。

新太郎は伏せた睫毛を小さく震わせながら、それでも何一つ切り出せない自身の不甲斐なさに苛立ちだけを募らせていった。

3

迷路に迷い込んだかのような日々は続く。複雑に入り組んだ道の出口は——「自分はどうするべきなのか」という問いに対する明確な答えはいまだ見つからない。

しかし、内心ではもどかしさを感じつつも、旅立つ日は確実に迫ってくるのだ。新太郎の焦りは日増しに強くなっていくばかりだった。

「なかなか終わらないもんだねぇ」

「必要な物を選別する作業って難しいんだな」

着物や雑貨を書斎一杯に広げて、二人は同時にため息をついてしまう。膝立ちになった彼らの周囲には、余分な空間など半畳ほども残されていなかった。

「まぁ、どうしても足りないものがあれば、あたしが後から一緒に持っていくよ」

「それじゃ、手紙で知らせるってことでいいかな」

結局、資金繰りが少々間に合わない伊織は、新太郎の出立から二月《ふたつき》ほど遅れて後を追うことになっていた。けれど、目的地で合流することはすでに決めてあったため、今から二人一緒に荷造りを進めているのだ。

「しかし、あたしがこの家を出る時期がもう少しきっちりと決まっていれば、かなり思い切った整理もできるんだけどね。ああ、蔵書だけは新さんの分を含めて預かってくれる知人を確保しておいたから、心配しなくても大丈夫だよ」

苦笑交じりに呟いた伊織の言葉が、新太郎の手を止めさせる。

二人で幸せな時を紡いだ場所を手放す。

留守にする間も丘の上の家を借り続けるという余分な資金など、旅立つ彼らが持ち合わせているはずもない。それは分かりきっていたことなのに、新太郎は今更ながらその事実に直面する。

(この家は誰か他の人のものになっちゃうかもしれないんだ)

驚きの次に訪れた感情は恐れだった。

ぞくりと心の底から凍てついていく。初めて味わう恐怖は、新太郎の全身をあっと言う間に強張らせた。

(なら、ここにはもう帰ってこられない……?)

ずっと縋っていられるはずの確証が、いきなり目の前から消えた感覚だ。途方もない喪失感は、伊織と離れてはならないという危機感をより一層掻き立てる。

足元が覚束《おぼつか》ない。自分はこんなにも脆い基盤の上に立っていたのかと痛烈に思い知る。

もう新太郎には伊織しか見えなかった。

だからこそ。

伊織しか視界に入らないからこそ、大切すぎる恋人を自分だけに縛りつけてしまっていいものかとも思うのだ。

(伊織には家族がいるのに。そこから目を背けさせたままでいいのか?)

彼の恋人である自分こそが、伊織の独りよがりかもしれない決断を正せるのではないのだろうか。自分さえ、傲慢な夢を捨ててしまえば——。

新太郎の心は振り子のごとく左右に揺れる。

一体どの選択が正しいのだろう。はっきりと決断しきれないまま、新太郎の唇からはとうとう我慢しきれなかった言葉が溢れ落ちた。

「……なぁ、伊織」

「なんだい、新さん」

「本当にいいのか?」

何度も繰り返した質問には、同じ答えしか返ってこない。

「あたしは新さんから離れるつもりはないんだよ。いいも悪いもないだろう?」

「……」

真摯な眼差しに嘘はなかった。嘘はないけれども、今の新太郎にはその伊織の気持ちが完全には信じられないのだ。

それきり口を噤む新太郎に異変を察知したのだろう。伊織は俯く恋人の隣に歩み寄り、沈んだ色合いの頬をそっと優しく包み込む。

「新さんは同じことを何度も尋くね。何がそんなに不安なんだい?」

不安。確かにそれは不安なのかもしれない。

己の夢を叶える道と伊織の立場と心を守る道。二つのうち、どちらの道を選び取っても、破局が訪れるかもしれないという不安だ。

押し寄せる。

新太郎の胸の奥に、黒い暗雲が怒濤《どとう》のごとく押し寄せる。

「……伊織が何も本当のことを言ってくれないから……っ」

気がつけば、新太郎は積もりに積もった懊悩に不安定な感情を重ねて、すべての本音をさらけ出していた。

新太郎は目の前にある伊織の胸元を掴み、必死の形相で言い募る。

「だめだよ、伊織。本当のことを言ってくれなきゃ……っ」

「本当のこと？」

「家の仕事を手伝って欲しいって、ずっとお願いされてるんだろ？」

隠しておいた秘密を口にした途端、新太郎の頬に添えたままの指先がびくりと震えた。新太郎を覗き込む瞳にも、あからさまな驚きが浮かんでいる。

「……知って――たのかい」

「お兄さんがここに一度訪ねてきて……。その時、全部聞いたんだ」

だが、伊織が動揺を示していたのは、ほんの一瞬のことだった。彼はずっと口許を引き締めると、新太郎を見つめ直してきっぱり言い切ってみせたのだ。

「……なら、話は早いね。確かに、あたしは兄さんに頭を下げられた。でも、もう決めたんだよ。あたしは新さんについていくってね」

新太郎の前で伊織は静かに微笑んでさえみせる。けれど、新太郎は恋人の眉根が僅かに歪んだ瞬間を、見過ごしたりはしなかったのだ。

「そんな簡単に決められるはずがないッ！　伊織はずっと迷ってた。留学の話が持ち上がる前から、お兄さんたちを手伝うべきかどうしようか悩んでたじゃないか」

「……そうだね。この話が持ち上がらなかったら、あたしはずっと決めあぐねてただろうね。逆に言えば、より大きな選択肢が示されたから踏ん切りがついたのかもしれない。ごめんよ、新さん。あんたの好機をあたしは利用してる」

「そんなことを責めてるんじゃない。俺が言いたいのは、どうしてそんな大切なことを一言も俺に相談しないまま、全部一人で決めちゃうのかってことだよ！」

詰め寄る勢いに対して伊織は戸惑いを感じているようだ。新太郎を映す虹彩は、微妙な揺らめきを放っていた。

「新さん……」

「だめだよ、伊織。このまま俺と一緒に来ちゃったら、絶対後悔する。伊織が俺を選んでくれたのは凄く嬉しいよ。けど、お兄さんとも、もちろん俺とも話し合って、もっと考えてから……っ」

考え抜いて答えが出なかったからこそ、伊織が今の結論に達したのだということは新太郎にも分かっている。

苦悩の毎日を送ってきたのは、新太郎も同様だからだ。

そして、伊織も理解しているに違いない。いくら新太郎と協力しあっても、納得できる答えなど探し当てられないことを。

同じ想いに捕らわれている当事者たちでは、すべてが丸く治まる結論など弾き出せるはずもないのだ。

「でも、道は一つしか選べないんだよ、新さん。『離れたくない』――。それを前提にする限り、新さんか家族か、そのどちらかを選ぶしか……」

冷静に言い放つ伊織には、覚悟にも似た決意が窺えた。しかし、恋人の頑なな態度に、新太郎の感情は暴発してしまう。

「揺れてるくせに。俺と家族を秤《はかり》にかけて、まだ迷ってるくせに！」

伊織だけを咎めるつもりはない。選びきれない罪は自分にもある。

けれど、分かってはいても、新太郎は心の中で荒れ狂う激情を吐き出さずにはいられなかったのだ。

「……やだよ。こんなのは嫌だ」

「新さんっ」

感情の昂った新太郎は伊織の腕を振り払ってすくっと立ち上がると、何もかもから逃れるように駆け出していた。

どこに向かっているのかも分からない。いや、行きたいところなどありはしない。ただ、新太郎はこの場にもういたくなかっただけなのである。

迷路の出口はまだ見つからない。

新太郎は伊織の部屋を飛び出して、一直線に玄関へと向かった。自分を追う足音が聞こえたが、彼は構わず下駄を履く。

けれど、丁度その時。外から扉を開け放って顔を出した人物がいたのだ。

「おおっと！」

訪問客は大仰に驚きつつも、衝突しかけた新太郎の身体を難なく受け止めてしまう。

まるで出会いの再現だ。厚い胸板には覚えがあったが、相手の正体は改めて伊織の声が教えてくれた。

「辰！」

「おいおい、何事だい。こんな夜更けに飛び出すたぁ、尋常じゃねぇな」

しがみつく新太郎を少々持て余し気味にして、辰之介は三和土《たたき》に立ち尽くす伊織の面を眺めやる。

「遠出してる間に新太郎へ留学の話が持ち上がったって聞いたんで、早速駆けつけてみたんだが、こいつはいったいどうしたワケだい。痴話喧嘩にしちゃ、深刻そうだ」

雰囲気を的確に読んだ悪友に、伊織はため息を隠さない。

「ああ、そうだね。ちょっと今、込み入った話になってね」

「それはまた……」

「──新さん、いつまでも辰にしがみついてたら迷惑だろう。もうこっちへおいで」

「やだっ！」

自身を誘導しようとする声を、新太郎は短く拒絶する。伊織の指示に抗ったのは、いまだ己の感情が荒れているからだ。たとえ今すぐ伊織と改めて話し合ったとしても、自分がこの心理状態のままでは同じ結末にしか辿り着かないだろう。だから、新太郎はさらに強く辰之介の羽織を掴んだのである。

「新さん」

困惑の滲む呼びかけは、新太郎が拒む前に第三者の辰之介が制していた。

「まぁ、待てよ、伊織。どうもこいつを解決するには、ある程度の時間が必要なようだ。この場に居合わせた縁で、新太郎は俺が一晩預かるってことで手を打たねぇか？　新太郎もその方が落ち着くだろう」

そう提案する辰之介は、新太郎を宥めるかのように震える肩を包み込んでくれた。不思議なことに、つい今しがたまであれほど昂っていた感情は、温もりを感じた途端少しずつ鎮まっていったのだ。

その様子を眺めていた伊織は、現在の新太郎には自身よりも辰之介の手が必要だと悟ったらしい。彼はふっと目を伏せた後、沈んだ口調で了承した。

「――どうやら辰之介の言うとおりにした方がいいようだね。新さんもそれで構わないかい？」

伊織の確認には、微かな頷きだけで肯定を示す。当然、新太郎は最後まで恋人と視線を合わせなかった。

「何があったか知らねぇが、てめぇも一晩ゆっくり考えるんだな」

辰之介の言葉だけが二人の間に降り積もる。

開け放した戸口から舞い込むのは一陣の風。それは何もかもを切り裂きそうなほどの冷ややかさを帯びていた。

第五章　そして、この愛さえもあなたのために

1

強い北風が板戸を揺らす。その音だけで、外界の冷気は十分に窺い知れた。

襖と通路を隔てた遠くからは、宴の賑やかな声が聞こえてくる。だが、花街の一室で膝を抱える今の新太郎にとっては、現《うつ》し世《よ》の憂さを晴らそうとする響きがかえって物哀しさを誘うかのようだった。

人払いを願った辰之介の意向を聞き入れた部屋には、新太郎と彼の二人きりしか存在しない。花街で女性の存在なしに一夜部屋を借り切るとは、無粋《ぶすい》なことこの上ないだろう。それは顔が広い辰之介だからこそ許された我が儘だった。

「なるほど、そういうワケかい」

ぽつりぽつりと経緯を語った新太郎の言葉を、辰之介は短い台詞で締め括《くく》る。

それきり重い静寂が二人の間に影を落とした。果たして辰之介からは何を言われるのだろうかと、新太郎はあまり働かない頭で思考を巡らせる。

しかし、少々の間を置いて返ってきたのは、かなり的外れの提案だったのだ。

「寂しいのなら、俺が留学先についていってやろうか。金の心配もねぇし、お望みとありゃ夜も満足させてやるぜ」

「何ふざけたこと……」

「ふざけてるつもりはない。どうも俺は結構新太郎に本気らしいんだ。だから、代役でも構わないなんて言ってんだよ」

辰之介の本音に思わず目を見開くが、それでは何も解決しないと理解している新太郎は力なく首を振るだけだ。

「……辰之介さんの気持ちは嬉しいよ。でも、違うんだ。俺は寂しいから伊織についてきて欲しいんじゃない。ただ、伊織と離れたくないだけなんだ。伊織じゃなきゃ駄目なんだ……。でも、その無理を通せば、きっと伊織は後悔する」

何度考えても同じ答えにしか辿り着かない。

離れてしまうのは辛い。辛すぎて、この恋が壊れてしまうかもしれない。

だからといって、強引に一緒にいるという切望を叶えれば、二人共が悔恨《かいこん》に苛まれる。お互いを強く思うが故に気持ちが空回りして、いつかはこの恋に齟齬《そご》が生まれる。

どちらも選べない。どこにも進めない。

この恋は大切すぎて、足が竦んでしまうのだ。

「それは伊織も同じだと思うか？」

「うん、多分。同じ理由で伊織も迷ってる。迷った末に選択はしたけど、きっと今でも揺れてるはずだ。伊織は家族を捨てられるほど、非情にはなれないから」

即座に返してみせた新太郎を、辰之介は冷静な眼差しで検分する。

「ふん。自分と一緒だって言い切れるだけ、あんたは伊織との繋がりを信じてるわけだ」

「——俺たちの気持ちはいつだって等しいから。どっちがより相手のことを想ってるのかなんてのも、どっちの気持ちが大きいなんてのもない」

「盛大なノロケだな。聞いてるこっちが照れくせぇや」

辰之介はばりばりと頭を掻きながら、ふーっと長いため息を吐き出した。

「とりあえず、新太郎に衝撃を与えた問題を一つ解決してやろう。——新太郎はあの家が見知らぬ人間に借りられんのが嫌なんだな。だったら、あんたが留学してる間、あそこには俺が住んでやるよ」

思いがけない言葉に対して、新太郎はぱっと弾かれたように面を上げる。突飛《とっぴ》すぎる提案だった。そこには信じがたいほどの好意が溢れているともなれば、言葉すら出てこない。

「なんでそんな……」

「新太郎には本気だって言っただろうが」

新太郎の戸惑いは、たった一言で切り返される。強い語調は、告白が紛れもない真実だと裏付けるかのようだった。

「それにな、こいつは悔しいから秘密にしておこうと思ったんだが、こんな状況だから教えてやるよ。あの家の床の間には横倒しになったままの花瓶があるだろう?」

「うん……」

埃《ほこり》を被ったまま、決して片づけられることのない青磁《せいじ》の花瓶を、新太郎は自分の脳裏に思い描く。

同時に、一緒に暮らすことに対して――伊織を好きになりすぎてしまうことに対して、不安ばかりを覚えていた頃の想いも胸の奥に蘇る。姿のよい小さな陶器は、新太郎がその迷いを振り切った時から放置されているものだった。

逡巡を捨てた夜、新太郎は荒された伊織の家が片づくまで、ずっと泊り込む――一生かかっても泊り込むと宣言した。だから、花瓶はその時のままの形で残されているのだ。

伊織と離れることがないように。

新太郎が一生伊織の傍にいられるように。

そんな祈りさえ込めて、新太郎は床の間の花瓶に一切手を触れず、新生活を送ってきたのであるる。

その大切な思い出の品が、一体どうしたというのだろう。新太郎は黒い瞳に疑問を漂わせながら、辰之介が綴る言葉に耳を傾けた。

「伊織の野郎、俺にあの花瓶の経緯を説明しながらな、『新さんと一緒にいるための、とても大切なおまじないなんだよ』って、今までに一度も見たことがないくらい幸せそうな顔で笑いやがったんだぜ」

「――――っ!」

どくんと新太郎の鼓動が一足飛びに跳ね上がる。

まさしく自分が口にした「等しい想い」を思いがけず証明されて、新太郎は目が眩《くら》みそうだった。

ずっとこの家で二人一緒に暮らせますように。

おそらく、恋人も毎日願っていたのだろう。そう、あの小さな花瓶に自分たちの幸福な未来を託していたのは、伊織も同様であったのだ。

「俺がどんな気持ちで地団駄《じだんだ》を踏んだか、新太郎に分かるか? 悔しいが、俺じゃ伊織にあんなとびきりの顔はさせられねぇ。あんただけなんだよ。伊織を幸せにできるのは」

「俺だけが伊織を……」

凄まじい勢いで忘れていた気持ちが戻ってくる。

辰之介の指摘どおりだ。自分たちは互いの存在なしには幸せになれないけれども、初恋の相手が違わぬ想いを抱いている限り、どこまでも幸福になれるのだ。

何故、そんな大切な事実を今まで失念していたのだろう。新太郎は迷路の複雑さに嘆くばかりで、大切な手掛かりを持っていることをいつしか記憶から追い出してしまっていた。

驚く新太郎の前で、さらに辰之介は言い募る。

「だから、てめぇらがそれぞれの場所で生きている間は、俺があそこを借りてやる。そんで、あの花瓶もそのままにしておいてやるよ。そうすりゃ、少しは安心できるだろ。おまじないとやらも無事なんだからな」

「それぞれの場所……」

暗い闇間に佇んでいた新太郎の前に、一筋の光明が差し込んだかのようだ。辰之介が何を言いたいのか、次第に理解できるようにもなってくる。

「あんたは伊織との繋がりを信じてるって言ったな。そして、それは伊織も一緒だって言い切った。だったら、新太郎は一体何を迷ってんだ?」

客観的な視線は、淀んだ思考を打ち破る威力を秘めていた。だから、続く言葉の意味を正しく捕らえるために、新太郎は大きく息を吸い込んだのである。

「そこまで気持ちが通じ合ってんなら、ちっと離れたくらいでその関係が壊れるワケねぇだろ。ホントおまえたちが何を怖がってんのか、俺にはさっぱり分かんねぇよ」

「怖がって……る？」

それは出口を示す目印に等しかった。突然、目の前がぱっと開けたかと思うと、視界も思考もすべてが鮮明に澄み渡る。心を蝕んでいた闇の色など、もうどこにも見当たらない。

（……そうか。俺、怖かったんだ。伊織と離れることが、別れに結びついちゃいそうで）

（離れたくないから一緒にいようって思ってたんじゃなくて、ずっと一緒にいなければ関係が壊れるかもしれないって俺は思い込んでたんだ。だから、選択肢の前提条件から「離れたくない」の一文が外せなくて……）

自分でも知り得なかった本音をようやく見つけた新太郎は、思わず愕然としてしまう。

新太郎は辰之介に指摘されるまで、自分が別離に対する恐怖を覚えていたことにまったく気づいてはいなかったのだ。

（なんで、怖いなんて感じてたんだろう。ついこの間、確認し合ったばかりなのに）

自身の前にどんなに魅惑的な人物が現れても、お互いの心は揺るがないと自覚したはずだった。

それならば、その相手が「距離」という見えないものであったとしても、構わないのではないだろうか。新太郎と伊織を引き裂こうとする障害という意味においては、どちらも一緒なのだから。

どうして距離と時間の壁による恋の崩壊など恐れていたのだろう。

身体は離れても、心はいつも寄り添っていられるはずなのに。

肉親と新太郎の狭間で、おそらく伊織も目一杯悩んだに違いない。しかし、苦渋の決断ではあるが、伊織は自分を選んでくれた。その彼ならば信じられる。だからこそ、新太郎も伊織に信頼される態度を示したいと思うのだ。

不安はまだ残っている。

一人になった自分は、寂しさに押し潰されてしまいそうになる時もあるだろう。

何かが変わってしまうかもしれない。いや、別離の間に変化は必ず訪れる。

だが、それは崩壊でなくてもいいのだ。伊織と再会した瞬間、さらに想いが深くなったと確信できる変化をもたらすことも可能なのだ。

これほどの繋がりを作り上げた自分と伊織にならば、より幸せな未来を現実にできるはずだった。

（なんで今まで迷ってたんだろう）

（答えなんて、最初から一つしかなかったのに……）

ようやく迷路の出口を見つけたような気がする。

悟らせてくれたのは、辰之介が示した「それぞれの場所で生きていく限り」という一言だ。それは二人が離れることで得られる可能性を新太郎に垣間見せてくれたのである。

新太郎がどうするべきか、辰之介ははっきりと示唆したわけではない。ただ客観的な意見のみで、新太郎の心を別の方向に向けさせただけだ。おそらく、結論には新太郎一人で辿り着くべきだと辰之介は考えていたに違いない。

そんな厳しくも優しい心遣いが、新太郎の心を震わせる。独力で得たからこそ、新しい答えには価値があったからだ。

いつしか新太郎は、道先案内人となってくれた辰之介へと晴れやかな笑顔を向けていた。

「ありがとう、辰之介さん」

「……ホント俺も馬鹿だよな。黙ってりゃ事は俺の有利な方向に運んだのに、ついついあんたを励ましちまった」

「それだけ俺に本気でいてくれたってことだよね。なんか凄く嬉しいな……」

感謝を繰り返す新太郎に、辰之介は爽やかな笑顔で応えてくれる。

「勘違いするなよ。俺は新太郎のためだけに動いたワケじゃねぇ。確かに、俺はあんたに本気だけどな、実は伊織も心の底から愛してんだよ」

辰之介の不敵な言い分には、もう笑うしかなかった。

2

明けて翌朝。新太郎は辰之介に見送られて、自宅への道を辿った。

冬の早朝は厳しい寒さに満ちていたけれども、空気は途轍もなく澄んでいる。

まるで新太郎の心のように――。

「おかえり。新さんが帰ってくるのを待ってたよ」

新太郎を迎えてくれた伊織の表情は、この上なく穏やかだ。彼もまた一晩じっくりと考え抜いたのだろう。伊織なりの結論に達したことは、柔らかな笑みが語り尽くしていた。

伊織の部屋で新太郎は恋人と真正面から向き合って座る。障子の和紙が醸し出す落ち着いた光量は、人里離れた丘の上の静けさを際立たせていた。

沈黙が流れる中、最初に口火を切ったのは伊織の方だ。

「正直言って、迷ったよ」

「伊織……」

「何もかも、新さんが言ったとおりだ。新さんを選んだつもりでいて揺れ続けたよ。一家離散なんて目に遭いながら、ようやく立ち上がろうとしてる家族をあたしはどうしても捨てておけない」

真実は淀みのない音で語られる。だからこそ、新太郎の心に直接響くのだろう。

「でもね、新さん。新さんを離したくないのも事実なんだ。だから、外国には行かせたくない。それが新さんの夢だと知っていても、留学を阻《はば》んでしまいたいんだよ。本当のことを言えば、どうしたら新さんが思い止まってくれるのか、何をすればこの好機を諦めてくれるのかってことまで考えたんだ」

「……どうすればいいって思った？」

伊織も激しい葛藤に苦しんでいたという事実と、彼の強欲なまでの要望に新太郎の目頭が熱くなる。それだけ新太郎を心の底から求めてくれていたにもかかわらず、伊織は己の激情を微塵も表には出さなかったのだ。

「簡単だよ。あたしが『行くな』って一言言えば、新さんは留学の話を辞退してくれただろう？たとえ将来後悔することが分かってても。あたしを恨むことさえあるかもしれないって思っていても」

「うん……」

小さく頷いた新太郎は、優しい微笑が包んでくれる。

「……恨まれてもよかったよ。新さんを手放さないんで済むならね」

「なら、なんで言わなかったんだ？」

「決まってるだろう。新さんが大切だからさ。あんたの夢は壊したくない。たとえ何を引き換えにしても……」

「伊織……」

ぎゅっと胸が締めつけられる。互いの気持ちはどこまでも同じなのだ。切ないほどに。

抱える不安も、独占欲も、大切にしたいという想いも、何もかも――。

「ねぇ、新さん。あたしは昨日あれからずっと考えてたんだ。何が一番最良の選択なのか、あたしたちがどちらも後悔せずにいられる方法はないのかってね」

「それは見つかった……？」

答えは聞かなくても分かったような気がした。伊織ならば、おそらく到達できたに違いない。

新太郎と等しい想いを分かち合う、この最上の恋人ならば――。

「昨日、新さんの言葉を聞いて、あんたがまるきりあたしと同じように悩んでくれていたことを知った。そして、どうしてここまであたしのことを思ってくれる人を信じなかったのか、自分のバカさ加減に気づいたんだ。何があったって揺るがないって、二人一緒に確認したばかりだったのにねぇ」

伊織の澄みきった瞳が新太郎を捕らえて離さない。

感動にも似た喜びが、新太郎の肌を戦《おのの》かせる。やはり、伊織もまた自分と同様の結論に達したのだ。

「――新さん、答えは最初から一つしかなかったんだよ」

もう十分だった。伊織にすべてを語ってもらわなくとも、新太郎は自身の決意を彼に伝えることができる。

今度は己が心を晒け出す番だろう。

「俺、伊織にお願いがあるんだ」

と先手を打って切り出した新太郎に対して、伊織は優しい眼差しで応えてくれる。彼も新太郎の言わんとすることを察しているのかもしれない。

「伊織には家族のとこへ帰って、新しい仕事を手伝ってもらいたいんだ」

「――ああ、そうだね。それはあたしが出した答えとまったく一緒だよ、新さん」

目を緩く撓めた表情に確信を得た新太郎は、さらに言葉を綴っていく。

「伊織は前、俺に『仕込み師だったことは絶対に誇りに思えない』って言ったよね。あの時から俺はそんな辛い言葉を二度と伊織に言わせたくないって思ってたんだ。伊織にはもう何も後悔して欲しくはない。だから、これが最良の選択なんだよね」

「……嬉しいよ、新さん。誰よりもあたしのことを考えてくれて。本当にどこまでも同じなんだね、あたしたちは……。だから、あたしは確かめなくともいいんだろう？」

新さんも後悔しないね？　という質問を飲み込んだ伊織の前で、新太郎は力強く頷いてみせる。

「――うん。俺は大丈夫だよ、伊織。一人は寂しいと思うけど、逢えない分一生懸命勉強して、留学予定期間を早めに切り上げてきちゃうから」

「新さん……」

「大丈夫。俺が帰ってくる場所は、伊織のとこしかないから」

言い募るうちに、我知らず新太郎の眦には涙が溜《た》まる。溢れそうになる雫を必死に堪えた新太郎は、無理に笑顔を作ってみせた。

「多分、俺たちは今よりもっともっと強くなる時なんだよ。だから、ちょっとくらい我慢しないとね。伊織のこと大好きなんだから。伊織も俺を好きでいてくれるんだから。少し離れたくらいで、俺たちの関係が壊れるはずないいんだから」

「好きだから傍にいたい」のではなく、「好きだからちょっと我慢もできる」のだ。

この恋のためならば、二人はどこまでも強欲になれる。

けれど、この愛のためならば、新太郎たちは際限なく強くもなれるのだ。

「そう、これは別離《わかれ》じゃない。あたしたちは今までどおり、何も変わらないんだ。だから、新さんの望みは叶えるよ、必ず。一回り成長して帰ってくる新さんを、あたしはこの国で待ち続けるよ」

「うん、待っててよ。俺は何が何でも帰ってくるから」

こくんと頷いた新太郎には、途方もなく綺麗な微笑が送られた。新太郎が見惚れる間に、笑みを刻んだ唇は密やかな切望を告げる。

「あたしも新さんに一つお願いしたいことがあるんだよ」

「何……?」

「……抱きしめさせて、新さん……」

「伊織……」

そっと差し出された腕に導かれるようにして新太郎は伊織の前に歩み寄り、殊更ゆっくりと膝を折った。その腰を――とても切なくて愛おしい決断をしてみせた恋人の身体を、伊織は力の限りに掻き抱く。

「帰ってきた時も、こうしてあんたを抱きしめさせて……」

「うん……」

伊織の膝の上に抱き寄せられたまま、新太郎は何度も何度も頷き返す。厚みのある肩に回した手は小さく震えてさえいたかもしれない。

「伊織、好きだ。本当に、どうしてこんなに好きなのか分からないくらい大好きだ……」

新太郎の心を満たす想いは、涙と共に溢れ落ちていた。


二月後。

出航地となる港には多くの人間が集まっていた。大半は出立を見送る集団なのだろう。旅立つ人を囲んで別れを惜しむ家族もあれば、友人へ盛大な餞《はなむけ》のエールを告げる青年たちのグループも存在した。

新太郎が乗船する船はすでに繋船場《けいせんば》へと停泊していたが、出発時間までには十分すぎる時間があるため、乗り込んでいる客は少ないようだ。

一緒に渡航する仲間たちと合流する時刻には、まだかなりの余裕がある。だが、新太郎は人待ち顔で、倉庫らしき建物の前で佇んでいた。

「引っ越しの片付けが長引いてないといいけどな」

一度帰郷した後、この港へと向かった新太郎は、隣町に移り住むこととなった伊織の転居作業には立ち会っていない。丘の上の家を借り受ける辰之介との入れ代わりも、一昨日昨日の日程で行われたはずだ。

幸い、手伝いの人手も確保できた上、天候にも恵まれたため、さして遅れは発生しなかっただろう。不安を感じる必要は何もないのだ。

それでも新太郎は今日の約束が無事果たされることを願ってしまう。しきりに辺りを見回して目的の人影を探そうとする仕種は、彼の心理を何よりも雄弁に物語っていた。

そう、新太郎はここで伊織とおちあう約束をしていたのである。

「あっ、来た来た」

自身の到着よりも少々遅れてきたらしい伊織を目敏《めざと》く発見した新太郎は、急いで恋人に駆け寄っていく。しかし、実際に間近で顔を合わせた瞬間、新太郎は驚くべき現実に直面してしまったのだ。

「伊織、髪……っ！」

再会を果たすなり、新太郎はそれだけ口にして声を失ってしまった。

新太郎が大好きな伊織の長髪は、肩より少し下の位置で綺麗に切り揃えられていたからだ。

「荷物にならなくてあたしの身代わりを果たせそうなものといったら、これしか思いつかなくてね。なんだか形見分けのようになっちまうのは勘弁しておくれよ」

柔和すぎる微笑と共に差し出された手には、一房の髪があった。小さく束ねられたそれは、新太郎の掌にも簡単に収まってしまう。

「驚くだろうとは思ってたけど、予想以上だったね」

「だって、こんな……」

ほろっと咲き綻んだ伊織の面を前にしては言葉も詰まる。

「そう、こんな程度なんだ。だから、もう目を見開かないでおくれ。新さんの瞳が落ちそうになってるよ」

ふふっと見慣れた笑みを零す伊織の指摘によって、新太郎はようやく我に返った。それから彼はぽっと頬を紅潮させながら、手の中の髪に視線を落としたのである。

誰も与えてくれない、何にも真似のできない柔らかな感触は伊織そのものだ。見知らぬ土地で不安に陥った時は、きっとこの髪が伊織のように自分を励ましてくれるのだろう。

いつしか新太郎は指を折り曲げて、髪の束をぎゅっと握りしめていた。掌に触れる黒髪の一筋一筋からは、伊織の想いの丈が伝わってくるかのようだ。

「伊織……」

再び伊織と目を合わせた新太郎の唇は、ごくごく自然に恋人の名を綴った。

簡単な言葉では表現し尽くせない感情が、新太郎の喉元までせりあがる。しかし、実際の新太郎はとても短い音しか紡げなかったのだ。

「――――これはいつもお守りと一緒に持ってることにするよ」

「じゃあきっと新さんに災いは降りかからないよ。あたしの祈りは半端なものじゃないからね。

悪いものは簡単に近づけないはずだ」

くすくすと笑う伊織につられて、新太郎もにこっと軽い微笑みを返す。

傍に居ることだけが幸福ではないことを思い知る。離れてさえ、この幸せな気持ちは持続するのだから。

これほど穏やかな心境で旅立ちを迎えられるとは考えてもみなかった。すべてはお互いに苦悩して、試練を乗り越えた成果なのかもしれない。

この恋を全《まっと》うする限り、無駄なことなど何一つないのだ。おそらくは――。

「身体には気をつけるんだよ」

「伊織もね。手紙、書くから。それで俺が元気だってことが分かるように、もう日記みたいな大作を伊織に送るから」

「ああ、楽しみにしてるよ」

「――それじゃ、行ってくるね」

二人の間で言葉が途切れてしまう。

もう告げる言葉はないのだろうか。これですべては伝えてしまったのかと、新太郎はさっと記憶をさらってみる。

そして、気づいたのだ。今この瞬間に一番相応しい言葉を。

髪の代わりに新太郎が伊織へと渡すべき最高の想いを。

「伊織、ちょっと耳を貸して」

「なんだい、新さん」

長身を傾けた伊織の耳元に口を寄せると、新太郎は密やかな吐息まじりの囁きを注ぎ込んだ。

頬が火照るのは、とても恥ずかしくて途方もなく幸せだからだろう。

「――あのね、俺も伊織を愛してるよ……」

「新さん……っ」

はっと顔を上げた伊織に、新太郎は鮮やかな笑顔を向ける。それから彼はくるりと踵《きびす》を返して走り出した。

「行ってきます！」

新太郎がもう一度だけ振り返ると、伊織は喜びに輝く表情を湛えて手を振ってくれる。最愛の人の見送りは、新太郎の鼓動をこの上なく弾ませた。

「よーっし!!　頑張るぞーっ！」

元気よく叫ぶ新太郎の目の前で汽笛《きてき》が鳴る。

春の海縁にはすべての出立を祝うかのように、穏やかな日差しが降り注いでいた。

3

そして、季節は巡り、また桜の花が咲き綻ぶ春がやってくる。

「今日もいい天気だな」

空を仰ぐ新太郎は、薄紅色の桜の隙間から覗く淡い青に、ついつい目を細めてしまう。何度も見ている光景ではあるが、何故かその色合いは酷く懐かしかったからだ。

一片の花びらが、新太郎の足元にひらひらと舞い落ちる。

瞬く間に流れた二年という月日の空白を埋めるかのごとく。

振り返ってみれば、短いけれどとても有意義な二年だったと新太郎は思う。

辛いこともあった。それに勝る楽しいことも数えきれないほど体験した。懐かしい日本の土を踏みしめながら、新太郎は深い物思いに耽《ふけ》ってしまう。

「一体何から話そう……」

だが、実を言えば、その反芻《はんすう》すらも再会のための準備でしかない。ふふっと堪えきれない笑みを零した新太郎は、通い慣れた道を足早に辿りつつ、たった一人の人間に思いを馳せた。

「多分、伊織は驚くだろうな。家の方の仕事が軌道に乗ったから、もうじき渡航できそうだって手紙を出したすぐ後に、俺が帰ってきちゃったから」

懐には最後に届いた手紙が忍ばせてある。やっと新さんに逢えるねと締め括られた言葉が嬉しくて、新太郎は配達されたその日から一瞬たりとも恋人からの文を手放してはいなかった。

丘の頂上が見えてくる。もう少し先に進めば、夢にまで見た家屋が臨《のぞ》めるはずだ。

あまり変わらない周囲の景色が、新太郎の喜びに拍車をかける。最後の坂は軽く駆け登って踏破した。

「……着いた……」

乱れる呼吸を整えて、新太郎は伊織と一緒に暮らした一軒家の前に立つ。

おそらく、伊織はこの中にいる。二日前、無事に帰国した新太郎は港から早速電報を打ち、留守を預かってくれている辰之介へと連絡を入れていたからだ。悪企みの好きな友達が新太郎の要望を聞き入れてくれたならば、彼は突然の帰国を伏せた形で伊織を呼び出したはずである。

玄関の引き戸にかける手が少しばかり震えてしまう。がらがらとわざと派手めの音を立てたのは、声を出さずに家主へと来訪を告げるためだった。

奥の間で襖を開けた気配がする。

「もう一人の客人が来たようだ」

廊下で短く発したのは辰之介だろう。彼は伊織の質問に答えたのかもしれない。

板を踏みしめる微かな軋みの後に、懐かしい笑顔が新太郎の前に現れた。

「元気そうだな」

伊織に届くことを心配して、名前を控えてくれたに違いない。辰之介はにこっとさらに笑みを深くすると、長身を屈めて新太郎に耳打ちした。

「再会の挨拶は、また今度改めてな。ともかく上がれよ、新太郎。何も知らない伊織が待ってるからよ」

「……ありがとう、辰之介さん」

「そんじゃ邪魔者は消えるんで、留守を頼むぜ」

辰之介は新太郎と入れ代わりに下駄を履くと、ひらひらと手を振って玄関を出ていってしまう。

二人きりにしてくれる友人の気遣いが嬉しくてならない。新太郎は辰之介に対する感謝の気持ちを深く心に刻みつつ、はやる心臓をどうにか宥めて日の当たる廊下を進んでいった。

「辰之介かい……？」

障子の前で止まった足音に気づいたのだろう。耳慣れた響きが新太郎の鼓膜を震わせる。

早くこの音で自分の名前を呼んでほしかった。

胸を高鳴らせた新太郎は、静かに障子を開け放つ。その速度に合わせて、伊織の面がこちらを向いた。

ゆっくりとゆっくりと。

そして、視線が交錯した瞬間、時間《とき》は止まる。

だが、新太郎が一歩を踏み出すと二人の間に張り詰めた緊縛《きんばく》もすぐに解けた。さっと立ち上がった伊織が、駆け寄る新太郎を素早く抱き留める。

「……新さんっ！」

「伊織っ」

叫んだ新太郎に与えられたのは、息もできないようなきつい抱擁だった。だが、決して新太郎は拒まない。それが伊織との約束であり、恋人の願いであることを彼は誰よりもよく知っていたからだ。

「新さん、新さん……っ」

伊織の紡ぐ狂おしい響きが、胸の奥に切ない想いを溢れさせる。言葉など何も出てこない。新太郎は伊織の背中に腕を回すだけで精一杯だった。

「……本当に新さんかい……？」

抱きしめても抱きしめても信じられないのだろう。新太郎の肩口に顔を埋めていた伊織は、ふっと面を上げると、不安の残る表情で新太郎の瞳を覗き込んできた。

「うん。本当に俺だよ。伊織のとこに、俺は帰ってきたんだよ」

触れて確かめるかのごとく、新太郎の唇を伊織の右の指先が辿っていく。皮膚の微かな戦きは、恋人の驚嘆を何よりも正確に物語っていた。

「……夢じゃないんだね」

「夢じゃないよ」

新太郎がはっきりと否定した途端、伊織の綺麗な双眸からぽろっと一筋の涙が溢れ落ちる。

「伊織……っ!」

どんな時でも笑ってみせた伊織が初めて流した涙。それは幾千、いや幾億の言葉よりも新太郎の心に深く響いた。

「……駄目だよ、伊織が泣いちゃ……。泣き虫の俺が一生懸命…っ、我慢してるのに……っ」

伊織の頬を包み込む新太郎の掌を、後から後から零れる透明な雫がとめどもなく濡らしていく。

だが、切れ切れに恋人を窘《たしな》めた時には、新太郎の涙腺も崩壊していた。静かに泣く伊織に誘発されて、堰《せき》を切ったように涙は溢れ出してしまったのだ。

「……ごめんよ、新さん。あまりにも嬉しくてどうしても堪えきれなかったんだ」

濡れた新太郎の手に唇を滑らせながら、伊織はこつんと額を合わせてくる。

「まだ言ってなかったね。……おかえり、新さん」

「……ただいま、伊織」

くすっと笑みを洩らしたのは、一体どちらが先であったのか。

涙は乾いていないけれども、今度こそ確かな喜びが二人を優しく包み込む。

何も壊れてはいなかった。彼らは強い絆で結ばれた恋人同士のままだった。

告白が変わらぬ想いを伝え合う。

「――まだあたしを愛してるかい、新さん？」

「当然だろ。伊織の方こそどうなんだ？」

「い、いつも言ってるだろう。あたしにはあんたしかいないんだよ」

唇はごく自然に触れ合った。こうして、二人の再会は――さらに、強くなった恋人たちの再会は果たされたのだ。


口づけを交わす時間さえもどかしい。

二人は改めて懐かしい書斎で向き合うと、どちらからともなく腕を伸ばしていた。たまらず相手を引き寄せたのは新太郎で、そんな新太郎を即座に組み敷いたのは伊織の方だ。

慣れた指先があっと言う間に着物を剥ぎ取ると、一糸纏わぬ姿になった伊織がすかさず新太郎へと折り重なってくる。剥き出しの肌が触れ合う感触は、新太郎を酷く安心させた。啄むような口づけを繰り返す間に内緒で帰国したことを謝ったのは、伊織に涙を流させてしまった罪悪感があったからかもしれない。

「ごめんね、伊織」

「こんな嬉しい驚きなら、何度味わっても構わないよ」

けれど、伊織は新太郎の可愛い企みを苦笑まじりで許してくれたのである。

微笑む伊織の面が、信じられないほど間近に存在していた。たったそれだけで新太郎は底知れぬ幸福感に酔い痴れてしまう。うっとりと目を閉じた新太郎の頬は、伊織の繊細な指先がそっと何度も辿ってくれた。

「……少し痩せたかい、新さん」

「そう言う伊織も。でも、その他はあんまり変わってないみたいだけどね。髪もちゃんと伸びてるし……」

新太郎は肩から流れ落ちる一房を掌で掬って確かめる。柔らかな毛先は、二年前と同じ手触りを保っていた。

「新さんが好きだった長さに戻ってるだろう？」

「うん」

新太郎が素直に喜びを示すと、お返しには蕩けそうな笑みが送られてきた。時折口づけがまざる穏やかな睦み合いだ。けれど、それは確実に二人の肉体を高めてもいくのである。

「新さん……」

新太郎の右手を取った伊織が、名前と共に人指し指の関節を甘く咬み散らす。硬い歯が与えてくれる小さな愛撫は、新太郎に二年前の出来事を思い起こさせた。

確か、あの時も伊織は最初に右の人指し指を舐め上げたはずだった。

新太郎の耳の奥で深い夜だけの声音が蘇る。

『それじゃ、始めようか……』

宣言と同時に放たれた妖艶な微笑を目にした途端、自分の鼓動が跳ね上がったことを今でも新太郎は鮮明に覚えていた。

留学先に出立する二月ほど前の折。伊織は新太郎との約束どおり、恋人に一つの策を授けたのだ。

五日以上伊織と離れてしまっては、淫らな衝動を堪えきれない肉体の慰め方を。

伊織が指し示したのは、新太郎の指だった。恋人は道具の使用も検討していたらしいのだが、新太郎が頑なに拒絶したこともあって思い止まってくれたようだ。

「足りなくなるよ」と言う伊織に、「足りないくらいの方が伊織をはっきり思い出せるから」と切り返した時には極上の口づけが与えられた。

まずは伊織の誘導で、新太郎は徹底的に指の使い方を覚え込まされた。花を深く抉る方法も、内側の弱点を優しく撫でながら、自身を扱き立てる方法も。

そして、新太郎が習い覚えた技を駆使できるようになると、実践と称して伊織が見ている目の前で、自分を駆り立てることを命令された。伊織の視線を感じながら、新太郎は一人で何度極めたか分からない。

そうして己が作り出す悦楽に浅ましく身悶える術を身につけた頃、今度は自室に籠もって訓練を重ねるよう言い渡された。おそらく、伊織の眼差しに侵される羞恥がなくとも、頂点を迎えられる肉体に仕上げたかったのだろう。新太郎は毎夜、達した報告をするように義務づけられたのである。呼息が整いきらないまま伊織の書斎を訪れると、恋人はいつも火照った肉体を念入りに検分した。

濡れた新太郎自身をなぞりつつ、余韻の痙攣が止まない花に長い指を含ませる。そんな淫猥すぎる確認を終えてから、伊織は新太郎の望みを叶えてくれたのだ。

『よくできたね、新さん。……さぁ、ご褒美の時間だよ。今日はどうして欲しいか言ってごらん』

飴と鞭《むち》を使い分けた教育の仕方がよかったのだろう。一月も経つ頃には、新太郎はすっかり自分を満足——いや、正確には自分の肉体を誤魔化す手段を身につけていた。

よりいやらしく仕込まれた過程が、映像を伴って新太郎の脳裏で鮮烈に展開される。指の腹をつつっと舌先で辿られては、肩の震えも取り繕えない。

「新さんはあたしが許したこの指で、何度自分を慰めたんだい？」

「……っ」

あくまでも優しい問い掛けに対して伏せた睫毛が震えてしまうのは、途方もなく恥ずかしいからだ。けれど、新太郎は消え入りそうな声音で、ひっそりと真実を告げていた。

「……数え——きれないくらい」

「そう……」

その答えには満足したのか、伊織は新太郎の人指し指に己の人指し指を添えると、おもむろにしどけなく開かれた両足の間に自分たちの手を導いた。それから舌先で丹念に湿らされた二人分の指先が、綻びかけている花にそろりと触れる。

「あう……っ」

入り口は最初こそ侵入を拒んだものの、半ば強引に伊織がこじ開けると、花は自ら道筋をつけてくれと言わんばかりに喘ぐような開閉を始めた。

物足りなさを訴える肉体が、刺激を求めてざわめき立つ。積極的に指を受け入れる襞は、なんの抵抗も感じてはいないようだった。

「ん…んんっ」

「新さんは数えきれないくらい、ここにこうして指を埋めて内側を抉ったんだね？」

「……やっ、あぁ」

長さの異なった二本の指が、簡単に新太郎の弱点を暴き立てる。自分の人指し指には、まだ耐えることができた。けれど、少しばかり長い伊織の人指し指の感触に対しては、たやすく新太郎は乱れてしまう。

「ふあ、ぁあッ」

「なかの感度も変わってない。本当に変わる暇もないくらい弄ってたんだね」

意地悪な確認に新太郎が答えられるはずもない。新太郎は目尻に涙を溜めて、切れ切れに最愛の人の名前を綴るだけだった。

「いお……あっ、伊織っ……」

届くのだ。自分の侵略では爪の先しか及ばなかった箇所に、伊織の指先は届いてしまうのだ。どんなに足掻いても得られなかった感覚は、両の脛《すね》をびくりびくりとはしたなく跳ねさせる。

「んあっ、いや……だっ！　そこ、ばっか…り……っ」

「どうして？　久しぶりだろう、好きな場所をこんなに直接擦ってもらうのは」

「だから、や……っ！　ぁ、…めだッ、そんな強くしたら、すぐ……っ」

悲鳴を放つ新太郎自身は、すでに張り詰めきって切ない雫を滴らせていた。果ては近い。空いている左手で幹を扱き立てれば、新太郎はすぐにでも達することができるだろう。

焦燥感に急き立てられた新太郎は、覚え込まされた方法で昂りへと手を伸ばす。けれど、その掌には伊織の左手が制止をかけたのである。

「あたしがいるのに、もう一人でする必要はないんだよ」

「んあ……っ」

埋め込まれた指を鉤状に折り曲げられた新太郎の喉が、快楽を示す綺麗な曲線を描く。艶めかしいラインは、久方ぶりに味わう悦楽の深さを正確に表現していた。

「それにね……」

新太郎の耳元に、ふふっと微笑が流れ落ちた気配がする。その微かな刺激にさえ肌を戦かせて伊織を仰ぎ見ると、彼は悦楽を滲ませた夜の表情で新太郎をこの上なく魅了したのである。

「あたしは男の方に触るつもりはないんだよ。忘れちゃいないだろう、新さん。あんたはなかを擦られて気をやるのが一番好きだったはずだ……」

「あふ……っ」

ぞくりと背筋を走り抜けた戦慄は新太郎の足先にまで伝達した。震えと連動した媚肉も、馴染んだ二本の指を締め上げる。

「今夜一晩で、二年前のあんたを――あたしの色に染まりきった新さんを全部取り戻させてあげるよ……。うんと乱れてごらん、新さん」

妖しくも不敵な宣告が、新太郎の身体を燃え立たせる。気がつけば、新太郎は自ら両足を広げて、伊織自身の蹂躙を望んでいた。

「伊織……、も……」

「……あたしの誘い方は覚えていたみたいだね」

全身が総毛立つほどの壮絶な微笑に包まれつつ、新太郎の内部から指がゆっくり引き抜かれる。ふるっとわななきを放つ間に右足を肩に抱え上げられた新太郎は、大きく喉を上下させて熱の感触を待ちわびた。

「あ……」

喘ぐように綻ぶ花の縁に、濡れた先端があてがわれる。覚えのある熱量は、新太郎の期待を否応なく煽り立てた。

「あぅ……っ！　広がる……」

体内を伊織の形に開かれる。じわじわと狭い内部を掻き分けていく仕種は、新太郎に凄まじい愉悦をもたらした。

「や…っ、伊織ッ！　止めて……っ」

二年ぶりのまともな情交が肉体に苦痛を与えていると考えたのだろう。悲鳴を口づけで宥める伊織は、中途半端な体勢にもかかわらず、すぐさま新太郎の願いを聞き入れてくれた。

「辛いのかい？」

「……っ」

覗き込まれる双眸の優しさに新太郎はぐっと言葉を詰まらせる。愛おしげな色を湛える虹彩に見つめられては、本心を隠しておくことなどできなかった。

「ちが……っ。ぜん…ぶ、されたら……、保た…な……だけ…」

「――ばかだね、新さんは。あんたは何も我慢しなくていいんだよ」

「ふあ……ッ!!」

柔らかな微笑と共に侵略が再開される。囁かれる声音は脳髄に染み渡るほど甘かった。

「達ってごらん、新さん。全部見ててあげるから……」

「あ、奥に……伊織が…っ！　っあ、あっ、達く……、達っちゃ……っ!!」

伊織が力強く腰を進めると同時に、熱い猛りがすべて体内に埋め込まれる。容赦のない侵攻は、今度こそ新太郎に決定打を与えた。

「あぁっ、伊織……っ」

濡れた絶叫を合図に、新太郎の背筋が限界まで反り返る。緩やかに撓む腹部には、白濁の飛沫が点々と飛び散っていた。

「いお……っ、それ……気持ち……い……っ」

ひくひくと震える新太郎自身に、伊織の長い五指が絡みつく。昂りに残る蜜を絞り取ってくれるつもりなのだろう。新太郎は幹を擦る掌に導かれるまま、濡れそぼった先端から濃厚な残滓を吐き出し続けた。

「あ……、ぅんっ」

ぶるっと最後に大きな痙攣を放ってから、新太郎はようやく全身の緊張を解いて筋肉を弛緩させる。口づけを求めて腕を伸ばすと、伊織はすぐに折り重なってきてくれた。

汗ばむ肌が密着する。鼓動が溶け合う抱擁は、新太郎の飢えを満たすかのようだった。

「……伊織、俺……きつくなって……ない？」

呼吸が整いきる前に、新太郎は自身が抱えていた不安を口にする。何分、二年という空白の時間を経た交わりだ。肉体が伊織に開発される以前の状態に戻っていても、何の不思議もないだろう。

だが、伊織は恋人の健気な心配を鮮やかな笑みで取り除いてくれたのである。

「そうだね。確かに少し狭くなってる。けど、あたしはそれが嬉しいんだよ。このきつさは二年の間、あたしが許した指以外に、新さんが何も受け入れなかった証明になるんだからね」

己の命令を忠実に実践してみせたことが嬉しいに違いない。伊織の喜びに満ちた台詞が、新太郎の胸を打つ。しかし、新太郎は恋人の顔を直視することができなかった。それは「何も」という単語に、うしろめたさを感じてしまったからだ。

「――新さん」

伏せた睫毛の翳《かげ》りと滾る伊織自身を締めつけた反応に、確かな不審を見て取ったのだろう。鋭い観察眼を持つ伊織は、決して新太郎の逡巡を見逃したりしなかった。

「あんた、何かを隠してるね……？」

「……っ」

慌てて首を横に振っても、もう遅い。伊織は宥めすかすような優しい声音で、新太郎を的確に問い詰めていく。

「怒らないから、正直に話してごらん」

「や……」

おそらく新太郎が留学中の秘密を告白しても、伊織が憤ることはないだろう。むしろ、伊織を思うが故に行き着いた行動には、息を飲んで喜びを示してくれるかもしれない。

だが、恥ずかしいのだ。事実を告げることは、この上なく新太郎の羞恥を掻き立てた。だからこそ、彼は頑なに拒み続けたのである。

「やだ、伊織…。言えな…っ」

「……強情を張らないでおくれ、新さん。あたしは最初からあんたに『お仕置き』をしたくないんだよ」

切々と言い募るけれども、新太郎が我を通した時に施される仕打ちは切り札に等しい。あまりにも酷い引き換え条件を提示された新太郎は、思わず目を見開いて伊織を見上げてしまった。

「新さんも『お仕置き』が嫌なんだね。だったら、このままあたしを抜いちまう方を選ぶかい？あんたにとっては、どっちが辛いんだろうね……」

「……いお……」

ひくっと喉を震わせた新太郎の目には、すでに溢れそうなほどの涙が溜まっていた。どうしてこの恋人は、新太郎を追い詰めることが巧いのだろう。相変わらずの底意地の悪さに、新太郎はさらに瞳を潤ませる。

「どっちも……嫌だ……」

「なら、話してくれるね」

とびきりの甘やかさで促された新太郎は、こくんと小さく頷いてから消え入りそうな声で語り始めた。

「……向こうにいる間、何度も……指――でしたけど、どうしても……足らない時があって……」

「――そういう場合は、二本でするんだよって教えてあげただろう？」

「……うん。でも、そうしても駄目な日があったんだ……。だから……、二本の指に……っ」

羞恥に苛まれた新太郎は、かぁっと頬を染め上げて口を噤んでしまう。だが、躊躇いは伊織の愛撫によって即座に霧散した。

「やあっ、あッ」

奥に収まっていた塊が、熱くなっている内部をずるりと這う。摩擦が生み出す快楽と、このまま抜き取られてしまうのではないのかという恐れが新太郎を激しく惑乱させた。

「伊織、や……っ！」

猛りを逃すまいとしてきゅっと襞を窄めた途端、再び深く穿たれる。それから先、収縮する花は何度か小刻みに揺さぶられたのだ。

「んあ、ぁあッ、あ」

「抜いたりしないから、続けて……。新さんは指をどうしたんだい？」

「……髪……ッ」

官能を刺激された新太郎の唇から、とうとう秘密が零れ落ちた。一度溢れてしまえば歯止めは利かない。伊織の望みを叶えるべく、新太郎は律動に合わせて腰を波打たせながら、自身のはしたない過去を自ら暴き立てていった。

「……指…に、伊織の髪……ぁっ、一本……巻き付けて……した……ッ」

きつく目を閉じた新太郎は、伊織が息を飲んだ気配を瞼で感じ取る。いたたまれない気持ちには、伊織の質問が拍車をかけた。

「——それで満たされたのかい、新さんは？」

「ん……」

「髪の一筋の感触を、この敏感ななかで感じた？」

「うん……」

僅かな段差を媚肉で捕らえた時の快楽が蘇る。それはたちまち花に伝達して、昂りを小気味よく締めつける動作に変換された。

「……それで…伊織を思い出して……。伊織と……してる…みたいで、すごく……よかった…んだ……っ」

「新さん……」

「んっ」

すべてを白状した唇には、すぐさま濃密な口づけが与えられる。だが、愛おしさばかりが満ちたご褒美に酔い痴れる余裕はない。

「やぁっ！　ごめんなさ……っ」

新太郎が首を振ってキスから逃れたのは、引きつる内部を大胆に掻き回されたからだった。

「変なことに……使っちゃったのは、謝る…から…ッ、…中でそんな…大きく……しないで…っ」

「――謝らなくてもいいよ、新さん。あたしが熱くなったのは、あんたの告白が嬉しいせいだからね」

「ふあ……っ」

「どうしていつまでたっても新さんは可愛い人なんだろう。本当に堪らない……」

耳朶を甘咬みしながら、伊織は腰をゆるやかに旋回させて新太郎を翻弄する。

「あんたと離れていた二年間をどうやってやり過ごしたのか、もう分からなくなっちまったよ。あたしには今の新さんしか見えないから……」

熱烈な口説き文句と共に、深く沈む昂りがどくんと激しく脈を打つ。蕩けた粘膜を掻き分けて最終段階まで成長した塊は新太郎を一気に追い詰めた。

「伊織……、も……っ」

「――あたしが欲しいのかい？」

こくこくと何度も頷いた新太郎は、伊織の首根を引き寄せて切ない願いを口にする。

「今度は合わせて……ッ！」

反り返る剛直を根元まで飲み込んだ奥が疼いて堪らない。襞も新太郎の欲望を伝えるかのように、貪欲な蠢きを繰り返していた。

「ああ、新さんの好きな場所に、あたしを全部浴びせてあげるよ」

「あっ、あんっ」

すでに伊織から溢れ始めている蜜によって湿り気を帯びた内部に、撓る刃が突きたてられる。爛れきった媚肉を擦る感覚は、たちまち新太郎を悦楽の大海に放り込んだ。

二年間、何者の侵略を許していなかった聖地の奥まった部分が熱塊に蹂躪される。そこを穿たれる度、新太郎は高く喘ぎ、可能な限り腰を捩らせていた。

「……っ、気持ち……いい」

粘着質の卑猥な音が耳を打つ。己の肉体が奏でる響きに新太郎の情感はより一層煽られた。肉悦に慣らされた身体は、何も忘れてはいなかったのだろう。打ち込まれるリズムに同調した下肢は、放埒な軌跡を描き始める。奥を抉られる時は前方に進み、抜かれる時には後ろに引き——。

淫らな動作は、二人の愉悦に殊更深みを与えていった。

「ふあっ、そこ……」

「新さんは一番奥の手前を転がされるのが好きだったね」

先端間際の張り出した部分で脆く乱れてしまう箇所を擦り立てられた新太郎は、内腿を痙攣させて伊織の肩に爪を食い込ませた。

「ひっ、いい……ッ!! おかしく……なる……っ」

「新さん、もう少し締めてごらん」

「んあ、っぁ」

「——思い出したかい？ なかをきつくすると、もっと気持ちよくなれることを」

わざわざきゅっと窄めた肉の輪を拡張するように、伊織は硬い楔で切り開く。凄まじい抵抗感と火傷しそうな熱量は、新太郎の絶叫を生み出した。

「ああっ、もう……達く…っ、伊織…ッ、伊織っ」

果てを求めてのたうちまわるあられもない嬌態は、伊織にも引導を渡したようだ。体内で膨れ上がった塊が熱の放出を訴える。

「新さん……っ」

「やあっ、ああ———っ!!」

真っ白な閃光が新太郎の瞼の裏で交錯する。

同時に、伊織の激しい迸りを受け止めた新太郎は、張り詰めた先端から濃密な雫を撒き散らしていた。

「ぁあ……あっ、あ……」

官能が密集する弱点に大量の飛沫を浴びせられた肉体は、目眩の伴う頂点を迎えてしまう。四肢の震えも、とろとろと残滓を零す自身の痙攣も止まらない。体内で溢れ返った蜜を蠕動《ぜんどう》する襞に塗り込められては尚更だ。

極めたはずの新太郎の内部で、何かがゆっくりと頭を擡げる。その感覚には嫌というほど覚えがあった。

（あ……、またきてる……っ）

ぞくりと肌を戦かせた新太郎は、我知らず身震いする。

そう、伊織に仕込まれた己の淫らな肉体は、続けざまに肉悦を貪る術を心得ていたはずだ。おそらく、余韻に浸る肉襞を刺激されたことで、燻り続けていた火種が再び燃え上がってしまったのだろう。

だから、すっと身を引きかけた伊織を、新太郎は慌てて引き止めたのだ。

「伊織、嫌だ……っ」

「新さん？」

首筋まで赤く染め上げながらもしがみついてくる新太郎に、伊織は戸惑いを隠せないらしい。きつく巻き付いた腕に従って再び折り重なってきた恋人は、新太郎の閉じた目元に軽くキスを散らしてくれた。

「どうしたんだい……？」

「伊織……、終わらなくていいから……っ。このまま続けて……」

伊織の面は困惑から驚きの表情に変化したようだ。恥ずかしさのあまり目を瞑ってしまった新太郎にははっきりと確認することはできなかったが、それでも彼が息を詰めた気配は伝わってきた。

「帰ってきて間もない新さんには、まだ疲れが残ってるんだろう？　そんな時に続けても、身体が辛いだけだよ」

頬を包み込む掌の温もりには労りばかりが満ちていた。伊織は何よりも誰よりも新太郎を思いやってくれる。今夜のように、時には自身の欲望を押さえ込んで、彼は新太郎の都合を優先させるのだ。

だからこそ、新太郎も伊織に応えたかった。伊織の切望を、この身で叶えたかったのである。

「だって、……したい…っ。もっと伊織と……」

もう決して視線は逸らさない。正面から向き合って、新太郎は己の素直な気持ちを切々と伊織に告げる。

「……それに、伊織が言ったとおり、……今夜中に全部…思い出せそうだから…」

さらに頬を火照らせて言い募る新太郎の唇を、伊織は指先で優しくなぞってくれた。

「もしかして、後ろだけで気をやれそうなのかい？」

声に出して肯定せずにこくんと小さく頷く仕種のみで応えたのは、さすがに羞恥の限界を越えていたからだ。

細かく震える新太郎の睫毛に、伊織の唇が舞い降りる。啄むようなキスを繰り返した後、それは紅く熟れた唇へと滑っていった。

「――――いいよ、新さん。あんたが許してくれるのなら、あたしは新さんの声が枯れるまで泣かせてあげるよ」

「……うん。いいよ、伊織。伊織が与えてくれるのなら、俺は全部受け止めてみせるから」

伊織の艶やかな宣言には、新太郎もいじらしい覚悟で切り返す。

「伊織、大好き……」

「ああ、あたしも新さんを愛してるよ……」

そうして、等しい想いを認識し合った恋人たちは、再び互いの肉へと溺れていったのである。

4

「新さんにお願いがあるんだけどね……」

「何……？」

前髪を梳く懐かしい仕種を堪能していると、伊織は改まった口調で語りかけてきた。思わず重大な用件かと見上げた新太郎は、そこで穏やかな双眸と出会ってしまう。

「実はもう仕事の引き継ぎは粗方《あらかた》終わってるんだ。もちろん家族からは自分の好きな人生を歩んでいいというお許しももらってる」

「うん。それで……？」

「だから、あたしは近々またここに引っ越して、元の仕事を始めようと思うんだけどね。実家を手伝いながら、翻訳の仕事も続けてたことだし」

伊織の望みが新太郎にははっきりと分かったような気がする。脳裏に閃いた言葉は、自然と音になっていた。

「俺はその引っ越しを手伝えばいいんだな」

「そう。それで全部が片づくまで……」

「うん、ずっとこの家に泊まるから……」

目を伏せて頷いた新太郎には、以前同居を承諾した時と同じ抱擁が与えられた。新太郎の細い

肩を伊織の長い腕が包み込む。

「ありがとう、新さん」

「……前にも言ったけど、そんなに喜ぶなって。俺がどきどきしちゃうから」

同様の感謝には、懐かしい言葉が一番相応しい。その応酬によって、伊織も過去の情景を思い出してくれたのだろう。再び黒髪を梳く仕種は夢のように優しかった。

「新さんはあの時から変わらないね。精神的に強くなっても、本質は可愛い人のままだ」

称賛が照れくさい新太郎は、くっと首を傾けて伊織の胸元に顔を伏せるしか術がない。そして、再び恋人の鎖骨の美しさに幻惑されて、彼は胸の高鳴りを必死で押さえ込む羽目に陥るのだ。

変わらない。何もかも。

けれど、何もかも変わったのかもしれない。

二年前よりも大きな幸せを感じながら、新太郎はそっと目を伏せる。

耳元に降るのは尽きることのない甘やかな告白だった。

「あたしはこの世の誰よりも新さんを愛してるよ」

「うん、伊織……」

二人の満ち足りた生活は、今からまた始まるのだ。

あとがき

はじめましての方も、お馴染みの方もこんにちは。「借金六で折り返しか……、フフ」とついうつろな目で呟きがちな高崎ともやです。でも、こういう時こそご贔屓チームを応援をしないとねっ！（↑半ば自棄気味？）

さて、げろりと甘いばかりの「しっとり」第二弾です。まさか続編のお声がかかるとは予想していなかったので、とても嬉しく思っております。これも皆様の熱いプッシュのおかげですね。ありがとうございました♡　いやはや、伊織は本当に人気が高いんですよね～。主人公クラスにこれほどのラブコールなんて初めてかもしれません。なので、今回も彼が本領を発揮できる部分については力を入れさせていただきました。例えば私にとっても「初小道具」だとか（笑）、告白時における「愛してる」の連続攻撃だとか。――すみません。私はえっちを延々と書き連ねるよりも、左記の一言を言わせることの方が数倍も照れくさいんです。このカップルだけじゃないでしょうか？　私に自爆をもたらす最終兵器を両者共が使用したのは……。あ～、ホント恥ずかち～（赤面）。あとはですね、お手紙の中で「おしおきって、一体何をしたの？」というご質問が非常に多かったので、そこらあたりも明確にしておきました。これで納得していただけるかな？　ちなみに、巷（ってどこやねん？）では「上手そう」だとか「優しそう」という評価をいただいている伊織ですが、私の中の彼は「後腐れなさそう」の一言に尽きます（笑）。

　ということで、色々と楽しみつつ進めてきた原稿なんですけれども、私は今回もやっちまいました。今までの中で一番手痛い失態でしょう。そう、あれは原稿提出の前々日……。「よし、これはここに保存して～」と滑らかに動いた手はエンターキーを押しました。そして、データは上書きされます。完成していた違う原稿の上に……。そうなんです。何気ないキー操作一つで、私は約二十頁分の原稿を消してしまったのです。それに気づいた時、私は動転のあまり二階の仕事場と一階の居間を勢いよく三往復しました。その後、何とか復旧しようと試行錯誤を重ねたのですが、人間慌てているとろくなことをしません。落ちついて対処していればまだ復活の見込みがあったものを、動揺したまま操作したが故にまるっきりデータを失う事態となってしまったのです。完成部分をプリントアウトしていなかったことも落ち込みに拍車をかけましたね。勿論、その経過を担当さんに報告した後、私は友人の助言に従い酒をかっくらって寝ちゃいました（笑）。

　ともあれ、その折には担当・T橋さんに大変なご迷惑をおかけしましたです。混乱しきった電話には、T橋さんもさぞや驚かれたことでしょう。締め切り延長の温情をいただかなければ、私は立ち直れなかったに違いありません。どうもありがとうございました。次こそは、何にも呪われてない原稿をT橋さんに提出したいと思います（笑）。それから「こんな愚かな私を慰めて」急襲を受けてしまった友人F田ちゃんとN嬢、あの時は長々と愚痴ってすみませんでした。貴女たちのおかげで、比較的早く消失原稿と向き合うことができましたデス。もう同じ失敗は繰り返さないと思いますが、別件でミスった時はまたよろしく（それもどうよ？／笑）。

そして感謝と言えば、夢花先生！　今回も血液沸騰モノの美しいイラストの数々をどうもありがとうございました～!!　伊織は思わずひれ伏してしまいそうなほど綺麗さがグレードアップしてるし、新さんは輪をかけて可愛くなってるしで、ラフをいただく度に私は床に倒れて臨死体験をしておりましたです（笑）。人物は勿論のこと、構図も背景も素敵なんですよね～。毎回すべてにうっとりと見とれてしまいます。本当に私の拙い話を何万倍にも引き上げてくださいまして、深く感謝いたしております～。それから最後になってしまいましたが、『この愛さえもあなたのために』を手に取ってくださった皆様もありがとうございました。私は「ホレタハレタ」ストーリー以上に「キッタハッタ」の展開を愛してやまない人間です。しかし、たまにはこんな雰囲気の話も書きますので、よろしければ今後もお付き合いくださいね。余談ですが、公式ＨＰのＵＲＬは「http://www2.odn.ne.jp/~aae31220/index.html」になります。

ではでは、「しっとり」リターンズが皆様に少しでも楽しんでいただけることを願いつつ、今回はこのあたりで筆を置かせていただきます。またいつかどこかでお逢いしましょうね♡

二〇〇一年七月・やっと競艇を堪能できそうな盛夏　高崎ともや　拝

リーフノベルズ近刊案内

大人気のアントニオ×悠太郎編、超期待の最新作!!

副社長はキスがお上手 3

水上ルイ　イラスト／円陣闇丸

ジュエリーデザイナーの悠太郎と副社長のアントニオは、同棲生活を満喫中♡　そんなある日、パオロ社長が視察に来ることが決定し、社内は騒然！　改めて仕事に取り組む悠太郎だったけれど…？　ほか短編二本収録♡

天使の羽を、見たことがありますか？

街に天使が降る夜に

藤村裕香　イラスト／石丸博子

生活のためにお金が必要な裕士は、フランス帰りのデザイナー・武久と愛人契約を結ぶ。失恋の寂しさを埋めたいだけの武久だったが、『契約』だと割り切れずに本当の恋人になろうとする裕士に心が傾き始めて……!?

愛は、スリル・ショック・サスペンス♥

オオカミさんと甘い罠！

宮川ゆうこ　イラスト／巴添はすの

「ひとでなし・スキモノ・節操なし」の超絶イイオトコに魅入られた一海は、H三昧の毎日♥　でも、それが嫌じゃないから始末に負えない。そんな二人が、さるレトロなお屋敷に招待されて……？　絶好調シリーズ第二弾!!

11月1日発売予定

予価850円＋税

リーフノベルズをお買い上げいただき
ありがとうございました。
この本を読んでのご意見、ご感想をお待ちしております。

〒144-0052　東京都大田区蒲田5-29-6
とみん蒲田ビル8F
リーフ出版編集部「高崎ともや先生係」
「夢花　李先生係」

この愛さえもあなたのために

2001年10月1日　初版発行

著　者——高崎ともや
発行人——宮澤新一
発行所——株式会社リーフ出版
〒144-0052　東京都大田区蒲田5-29-6
とみん蒲田ビル8F
TEL. 03-5480-0231
FAX. 03-5480-0232
発　売——株式会社星雲社
〒112-0012　東京都文京区大塚3-21-10
TEL. 03-3947-1021
FAX. 03-3947-1617
印　刷——東京書籍印刷株式会社

ISBN4-434-01091-3　C0293